रेखा झा

रेखा झा का जन्म 2 फरवरी, 1968 को हुआ। उन्होंने गृह विज्ञान में स्नातकोत्तर किया है। अध्ययन और बागवानी में उनकी विशेष रुचि है।

सम्प्रति : स्वतंत्र लेखन।

सम्पर्क : 45, श्रीकृष्णपुरी, डाकघर के सामने, पटना-800 001 (बिहार)

पूसा-पुराण

यह पूसा का 'स्थल-पुराण' है। पूसा में व्यतीत बचपन के अपने दिनों को अब याद करती हूँ, तो लगता है कि वे 'सतयुग' के दिन थे। तब तक बाहर से पूसा की दुनिया भले बहुत छोटी-सी दिखती थी। पर बिहार के समस्तीपुर जिले के पूसा का अन्दरूनी संसार बहुत गहन, विराट और मधुर था। यहाँ का समाज पूरी तरह खेती-पत्ती का रहा है। यहाँ के 'राजेन्द्र कृषि विश्वविद्यालय' की ख्याति कृषि-शिक्षा के क्षेत्र में पूरे विश्व में है। मेरे नाना स्व. डॉ. अशर्फी झा यहाँ प्रोफ़ेसर थे।

मेरा बचपन नाना-नानी और आधी दर्जन मासियों के साथ पूसा में गुज़रा। वे शहद जैसे दिन थे। मकरंद भरे उन दिनों की कहानी आपसे साझा कर रही हूँ। इस कथा को कहते हुए जाल मासी और रंजू मासी को भला कैसे भूल सकती हूँ। पूसा के पुराने मज़ार का अनुराग भी मेरे लिए अविस्मरणीय है।

—रेखा झा

एक छोटा पैकेट खा जाती है। वह चौबीस घंटे बिस्कुट खाकर रहना पसन्द कर सकती है। बिस्कुट पर अभी तक मुन्नी का अखंड-राज है। भाई अभी बिस्कुट खाने लायक़ नहीं हुआ है। माँ उसे दाल में चावल का पतला घोल जैसा बनाकर चम्मच-चम्मच पिलाती है। पर दूध उसके भाई का चरम संतोष है। पतली 'कीं...कीं...' आवाज़ में जब वह रुलाई का राग छेड़ता है, तो माँ उसे मुँह में दूध लगाकर ही चुप करा पाती है। इसी तरह मुन्नी का ब्रह्मास्त्र है—चीनी के दानों से चुपड़ा बिस्कुट। बस की रफ़्तार और अन्दर की गतिविधियों में आश्चर्यवत खोई मुन्नी बिस्कुट चुभलाते हुए परमानन्द में है।

नाना-नानी के यहाँ मुन्नी पहली बार जा रही है। नाना-नानी और मौसी-मामा के बारे में उसे कुछ नहीं पता। अगर उन लोगों को उसने अपने जन्म के बाद देखा भी होगा, तो उसे कुछ भी याद नहीं। मुन्नी बस अभी तक अपने पिता के परिवार को मोटा-मोटी जान रही है। किसान परिवार है यह। एक संयुक्त किसान परिवार। इसमें दादी, चाची, चाचा, चचेरे भाई-बहन, बुआ, घर के बड़े से आहाते में बँधे कुछ जोड़ी-गाय, बैल और भैंस को वह जानती है। चिड़ियों में झुंड के झुंड आँगन में फुदकते गौरैये उसे बहुत अच्छे लगते हैं। घर की छत पर हुमकनेवाले कौवों और बेहद ख़ामोशी से सुबह-सुबह विचरनेवाले कबूतरों से भी वह भली भाँति परिचित है। तितलियों और गिलहरियों को भी वह पहचानती है। तितलियों को पकड़ने की अनेक असफल चेष्टा भी वह अक्सर किया करती है। फ़सल और अनाज से भी उसका कुछ-कुछ परिचय हुआ है। थोड़ी अक्ल आने पर अगहन के महीने में उसने अपने अहाते में बोझे का बोझा धान भी आते देखा है, जिसकी गिनती उसकी दादी बोझा लेकर आते लोगों से करवा रही थी। मुन्नी ने अपने दादाजी को कभी नहीं देखा। वे कई साल हुए मुन्नी के जन्म के पहले गुज़र गए थे। इसलिए घर में कोई एक दादाजी भी होते हैं, इसका ज्ञान मुन्नी को नहीं है। वह बस इतना जानती

आनन्द के हिंडोले में थी। अपने तई वह बस में सबसे आगे बैठे ड्राइवर, ड्राइवर के केबिन के अन्दर बैठे कुछ यात्रियों, केबिन के बाहर लगी कई देवी-देवताओं की तस्वीरों, यहाँ से वहाँ तक हर सीट के पास चक्कर मारते कंडक्टर और बस के अगले गेट की सीढ़ी पर गेट से लगातार झूलते खलासी को अपनी काजल चुपड़ी आँखों से विभोर हो निहार रही थी। मुन्नी और उसके नन्हें भाई को उसकी माँ नज़र-गुज़र से बचाने के लिये आँखों में भोकारकर काजल लगाती है। संग-संग माथे के एक कोने पर काजल की बड़ी-सी बिन्दी भी। ऐसा करके मुन्नी की माँ को तसल्ली बनी रहती है कि उनके दोनों लाल गुलाबों को दुनिया की कोई बुरी शक्ति या कोई बुरी हवा नहीं छू सकेगी। अलमस्त मुन्नी काजल के अपने सुरक्षा-कवच से अनजान है। हाँ, जब कभी वह छितरा-झल्लाकर रोती है, तो आँसुओं के संग काजल घुलकर उसके चिट्टे गोरे गालों पर कीचड़ की तरह पसर जाता है। यही सूरत उसके छोटे भाई की भी रोने पर होती है। रोने में उसे आर-धार नहीं रह जाता। इसलिए रो-रोकर उसका नन्हा मुख खेत में लगे बिजूके जैसा हो जाता है। बेटे-बेटी के चेहरे पर लिथड़े काजल को जतन से साफ़ करने में माँ को बहुत झल्लाहट होती है। पर बच्चों की रक्षा के कारण वह कभी भी उन्हें बग़ैर काजल लगाए नहीं रखती है।

मुन्नी के भाई ने ठुनकना शुरू कर दिया है। उसकी ठिनठिनाहट और रफ़्तार न पकड़े, इसलिए माँ ने बिजली की गति से उसे अब अपने आँचल के भीतर घुसाकर दूध से लगा लिया है। भाई संतोष से दूध पीने में मगन है। बग़ल में बैठे पिता ने भी इस आशंका से कि अब भाई की देखादेखी कहीं मुन्नी न कोई ड्रामा फैलाए, फ़ौरन अपने पाँव के पास रखे झोले से बिस्कुट का एक पैकेट निकालकर मुन्नी को पकड़ा दिया है। मुन्नी भारी बिस्कुट प्रेमी है। ख़ासकर चीनी के दानों से भरा बिस्कुट उसे बहुत अच्छा लगता है। एक साँस में देखते-देखते वह बिस्कुट का

बस उसने पहली बार उसी दिन देखी थी। उसके पिता ने उसे बताया था कि मोटरसाइकिल पर बस दो-तीन लोग बैठ सकते हैं। लेकिन बस पर उसके सारे चाचा-चाची, सभी चचेरे भाई-बहन और यहाँ तक कि पूरा-पूरा गाँव बैठकर कहीं भी घूमने जा सकता है। मुन्नी ने हैरत से देखा कि सचमुच बस में बहुत-से लोग बैठे हैं। मोटरसाइकिल पर तो वह और उसके माता-पिता बैठते हैं। बस में सारा गाँव समा सकता है।

मुन्नी के पिता के पास एक मोटरसाइकिल है। जब शहर के काम से पिता अपनी मोटरसाइकिल से निकल रहे होते हैं, तो मुन्नी की छठी इंद्रीय पिता को मोटरसाइकिल पर बैठते देखकर ही जाग उठती है और वह मिट्टी पर लोट-लोटकर आसमान सिर पर उठा लेती है। उसे चुप करने की अचूक तरक़ीब उसके पिता को अच्छी तरह मालूम है। वे मोटरसाइकिल से उतरकर मुन्नी को अपने आगे बिठा लेते हैं। इसके साथ ही आँसू में गोते लगाती मुन्नी मटर के दाने-सी बरबस हरी-भरी हो जाती है। आँखों से टपके आँसुओं को भूल वह मुस्करा उठती है। पिता उसे आधे घंटे मोटरसाइकिल पर घुमाते हैं और इस वायदे के साथ उसे उतारते हैं कि शहर से उसके लिये सुन्दर फ्रॉक और ढेर सारा चाकलेट—बिस्कुट लाएँगे। इस आश्वासन से ख़ुश हो मुन्नी फिर कोई नखरा नहीं करती है और खेलने में मशगूल हो जाती है। बुआ को बस से उतरते देखने के बाद के दिन से वह अक्सर सोचती कि वह अपने माता-पिता और माँ की गोदी में दुबके रहनेवाले अपने भाई के संग एक दिन उस छुमछुम बस में ज़रूर घूमने जाएगी। इसलिए पिछली रात जब उसे उसके पिता ने दुलारते हुए कहा कि कल सुबह वे सब बस पर बैठ उसकी नानी के यहाँ चलेंगे, तो नानी के यहाँ जाने की बात उसके लिये उतनी लुभावनी नहीं थी, जितनी कि छुम-छुम बस पर जाने की उल्लासपूर्ण कल्पना। रात भर मुन्नी सपने में लाल बस में घूमती रही।

यात्रियों से पूरी भरी बस चल पड़ी थी। मुन्नी लगातार विस्मय और

1

मुन्नी का सफ़र

"अले ये तो छुम-छुम बस है।" गाँव के चौराहे पर कुछ मिनट के लिये रुकी लम्बी-सी लाल बस को निहारकर नन्ही-सी मुन्नी ने मचलते हुए अपनी माँ से कहा। गोद में मुन्नी के छोटे भाई बाबू को सँभाले खड़ी माँ ने बस में दाख़िल होने की व्यग्रता में मुन्नी की बात पर कोई ध्यान नहीं दिया। मुन्नी के पिता बस के खलासी से कहकर डिक्की में सूटकेस और चावल-चूड़ा से भरा एक बोरा रखवाकर आये। पहले उन्होंने मुन्नी की माँ को बस में चढ़ने का इशारा किया और स्वयं मुन्नी की नन्ही कलाई थाम बस की सीढ़ी पर चढ़ने को हुए। अचानक उन्हें लगा कि बस की सीढ़ी थोड़ी ऊँची है। इसलिए मुन्नी को गोद में उठाकर वह बस में चढ़ गए। बस चल पड़ी। छह साल की मुन्नी पहली बार अपने माता-पिता के संग गाँव से किसी सफ़र पर बाहर निकली थी। पिछली रात को उसके पिता ने उसे दुलारते हुए कहा था, "कल हम सब बस से तुम्हारी नानी के पास चल रहे हैं।" एक महीने पहले जब मुन्नी की बुआ एक पारिवारिक समारोह में शामिल होने आयी थी, तो मुन्नी को गोद में लेकर उसके पिता अपनी बहन को लिवा लाने गाँव के चौराहे पर गए थे। पहली बार एक लम्बी-चौड़ी गाड़ी को देख मुन्नी को ग़ज़ब हैरान-सी ख़ुशी हुई थी।

इफ़ अ बुक
इज़ वेल रिटेन,
आइ आलवेज़
फ़ाइंड इट
टू शॉर्ट!

—जेन ऑस्टिन

क्रम

है कि घर में सबसे बड़ी एक बूढ़ी दादी होती है, जो अपने सफेद बालों के रंग की हमेशा सफ़ेद साड़ी पहनती है।

मुन्नी अभी बस में मगन है। अगल-बगल की सीटों पर बैठे बच्चों को भी वह ख़ुश हो-होकर देख रही है। बीच-बीच में अचानक बज उठते बस के तेज़ हॉर्न से भी वह चकित हो रही है। यह विस्मित ख़ुशी खीरे के बीज सरीखे उसके नन्हें दाँतों पर भी रह-रहकर झलक उठ रही है।

यह वर्ष 1980 का वसन्त है। फरवरी महीना! मुन्नी की माँ ने पहले ही से चिट्ठी लिखकर अपनी माँ को बता रखा है कि आज इस तारीख़ को वह पूसा पहुँच रही है। माँ ने पत्र में लिखा था कि मुन्नी बड़ी हो रही है। पीठ पर उससे तीन साल छोटा उसका भाई है और वह फिर पेट से है। गाँव में घर-गृहस्थी का काम सम्हालते हुए दो छोटे-छोटे बच्चों को सम्हालना मुश्किल हो रहा है। छह माह बाद तीसरे बच्चे का आगमन होने पर स्थिति और दुरूह हो जाएगी। जितनी जल्दी हो, मुन्नी को स्कूल में डालना ज़रूरी है। गाँव में जो स्कूल है, वह एकदम-से फटीचर है। इसलिए वह मुन्नी को पूसा छोड़ने आ रही है। वहाँ गाँव से कहीं अच्छा स्कूल उसे मिलेगा और मासियों के बीच वह सही से पढ़ाई कर लेगी।

मुन्नी की माँ दरअसल नौ भाई-बहन हैं। एक बेटे की प्रतीक्षा में मुन्नी की नानी को आठ बेटियाँ हुईं। मुन्नी की माँ दूसरे नम्बर की बेटी हैं। मुन्नी की सबसे बड़ी मासी और माँ का ही अभी ब्याह हुआ है। आने वाले वर्षों में मुन्नी के नाना-नानी को छह बेटियों की शादी करनी है। मुन्नी का तीन वर्षीय मामा अभी नानी का कोरपच्छू है। मुन्नी से एक साल बड़ी उसकी एक मासी है—गायत्री उर्फ़ गुल्लू मासी! वह सात साल की है।

मुन्नी की माँ को पूरी आशा है कि अपनी लगभग समवयस्क गुल्लू मासी के साथ मुन्नी अच्छी तरह पूसा में रम जाएगी। वैसे, होश

सँभालने के बाद मुन्नी अपने नाना-नानी, मासियों और मामा से अबके पहली बार मिलेगी। एक नये रिश्ते के अध्याय को जीवन में वह ठीक से जानेगी।

मुन्नी के नाना 'डॉ. राजेन्द्र प्रसाद कृषि विश्वविद्यालय' में प्रोफ़ेसर हैं। बिहार के समस्तीपुर के अन्तर्गत पूसा के इस कृषि विश्वविद्यालय की प्रसिद्धि सारी दुनिया में है। मुन्नी के नाना धान की क़िस्मों के बड़े जानकार हैं। वर्षों पहले पानी वाले जहाज पर सवार होकर वह धान पर ही शोध करने लन्दन गए थे। पूसा में इसलिए वे 'धान सर' के नाम से मशहूर हैं। विश्वविद्यालय के उनके अन्य सहकर्मी 'पैडी प्रोफ़ेसर' के नाम से उनका ज़िक्र करते हैं। मुन्नी के नाना को पूसा में बूढ़ी गंडक नदी के बाँध के पास सात-आठ एकड़ के परिसर वाला एक बड़ा-सा पीला क्वार्टर मिला हुआ है। केवल नाम का एक चपरासी भी। पूसा में नाना के पास सारी सुविधा है, इसलिए मुन्नी की माँ ने तय किया कि मुन्नी अब पूसा में नाना-नानी के पास रहेगी। नाना-नानी के पास लाड़-दुलार की भला क्या कमी। कहावत है कि 'माँ मरे, तो मासी जिलाए।' और पूसा में एक की कौन कहे, आधी दर्जन मासियाँ मुन्नी के लिए मौज़ूद हैं! पर मुन्नी को कहीं से पता नहीं है कि उसके माता-पिता उसे यहाँ छोड़कर जानेवाले हैं।

मुन्नी के पिताजी और माँ तीन दिनों तक पूसा में रहे। नाना-नानी और अपनी मासियों के बीच मुन्नी को 'बाल हनुमान' की तरह दिन भर उछल-कूद मचानेवाला उसका मामा भी उसे बहुत अच्छा लगा। ननिहाल में मुन्नी और उसके छोटे भाई के लिए नानी और उसकी मासियों की गोदी की अटूट प्यारी शृंखला भी उसे मनभावन लगी है। मुन्नी और उसके भाई का तबादला सुबह से शाम तक छहो मासियों की गोदी में होता रहता है। मुन्नी को तब सबसे अधिक डर लगता है, जब उससे महज साल भर बड़ी सात साल की गुल्लू मासी भी सबकी देखादेखी उसे गोदी में लेने

की ज़िद करती है। सभी छहो मासियों में उसे गुल्लू मासी बहुत अच्छी लगी है। वैसे, मुन्नी को नहीं पता कि सभी मासियों की अपनी-अपनी विशेषता है। जैसे कि उसकी एक मासी बहुत ख़ुशमिज़ाज, दूसरी बहुत कंजूस, तीसरी-अपनी बहनों में सबसे सुन्दर, चौथी मासी मातृभाव से छलकती, पाँचवीं मासी बागवानी की भारी शौक़ीन, छठी मासी खाने-पीने की उस्ताद और सबसे छोटी गायत्री उर्फ़ गुल्लू मासी, जो तेज़ और सुन्दर होते हुए भी हमेशा और अधिक सुन्दर बनने की फ़िक्र में डूबी रहती है।

2

पूसी कैट की बिल्ली मासियाँ

मुन्नी के लिये वह प्रलय की सुबह थी, जब पूसा आने के तीन दिनों बाद उसके माता-पिता उसे पूसा में छोड़ गाँव लौट रहे थे। सुबह जब मुन्नी जगी, तो उसने देखा कि उसके माता-पिता का सूटकेस बाहर बरामदे पर रखा है। उसको लगा कि आज वह अपने माता-पिता और छोटे भाई के संग फिर छुम-छुम बस में बैठ गाँव लौटेगी। उसने देखा कि उसके माता-पिता निकलने के लिए तहदर्ज़ कपड़ों में तैयार हैं। मुन्नी को एक पल के लिए आश्चर्य भी हुआ कि उसके छोटे भाई तक का कपड़ा बदला गया है पर माँ ने उसका फ्रॉक नहीं बदला है। मुन्नी कुछ देर तक उधेड़बुन में रही और फिर माँ से जब उसने पूछा कि मुझको छुम-छुम फ्रॉक क्यों नहीं पहनाई, तो जवाब में माँ ने कहा कि तुम्हारा सारा सुन्दर-सुन्दर फ्रॉक मासी को रखने दिया है। तुमको नहाने के बाद जैसा फ्रॉक कहोगी, वह पहना देगी। माँ की बात सुनकर मुन्नी सन्न रह गई। उसने विकल होकर माँ से पूछा कि क्या वह उन लोगों के साथ गाँव नहीं जा रही है? माँ ने उसे लाड़ करते हुए कहा कि अभी कुछ दिन वह नानी के पास रह ले और जल्दी ही पिताजी के साथ यहाँ आकर वह उसे गाँव ले जाएगी। माँ से भी अधिक मुन्नी को अपने पिताजी पर भरोसा था। उसने

वहीं खड़े अपने पिताजी की तरफ़ आशा से देखा कि चाहे कुछ भी हो, पिताजी उसे छोड़कर हरगिज़ नहीं जाएँगे। पर पिताजी चुप खड़े थे। मुन्नी का कलेजा फट गया। वह छितराकर रोने लगी। नानी ने उसे चुप कराने की कोशिश करते हुए अपने से चिपका लिया। मुन्नी हिचकियाँ ले रही थी। पलट कर जब उसने देखा, तो उसके छोटे भाई को लेकर माँ और पिताजी जा चुके थे। बरामदे पर रखा सूटकेस नहीं था। हमेशा तैयार होने के बाद अपने कुर्ते पर 'कांता सेंट' लगानेवाले मुन्नी के पिताजी के सेंट की ख़ुशबू एक पल में निकल गई थी। मुन्नी के लिए 'कांता सेंट' की ख़ुशबू का मतलब था कि पिताजी कहीं आसपास ही हैं। पिताजी भी इतने कठोर हो जाएँगे, यह मुन्नी कभी सोच भी नहीं सकती थी।

मुन्नी दिन भर रोती रही। एक झुंड मासियों द्वारा लाख मनाने के बावजूद उसने शाम तक कुछ नहीं खाया। उसकी सबसे छोटी गुल्लू मासी लगातार उसके चारों तरफ़ मँडराती रही और उसको ख़ुश करने के लिए हर सम्भव करतब करती रही। मुन्नी को लगा कि एक यह गुल्लू मासी ही उसकी सहारा है। अपने शरारती नन्हे मामा की हरक़तों को भी वह नज़रअन्दाज़ करती रही। हालाँकि, वह भी मुन्नी को हँसाने के लिए ही एक से एक कलाबाजियाँ कर रहा था। गहराती शाम में बरामदे पर खड़ी मुन्नी को अब भी आशा थी कि उसकी माँ उसके पिताजी के संग उसे लेने के लिए लौट आएगी और नानी से कहेगी कि मुन्नी के बिना उनलोगों का जी नहीं लगेगा। पर चारों तरफ़ सन्नाटा था। वसन्त की उस शाम नाना के पीले क्वार्टर के परिसर के पेड़-पौधों के पत्ते मन्द हवा में धीरे-धीरे डोल रहे थे। बरबस मुन्नी की नज़र बहुत दूर दिख रहे एक मन्दिर के शिखर पर टिमटिमाते बल्ब पर गई। मुन्नी के गाँव के मन्दिर पर भी ऐसी ही रोशनी जलती है। मुन्नी को लगा कि हो न हो, वह उसके गाँव का ही मन्दिर है। और यह भी उसे विश्वास हुआ कि उसका गाँव नाना के क्वार्टर से बहुत दूर नहीं है। मुन्नी ने आहिस्ते-से गुल्लू मासी से

मिन्नत के स्वर में कहा कि एक दिन वह उसके साथ उसके गाँव के मन्दिर पर चले। उससे महज़ साल भर बड़ी गुल्लू मासी ने भी विश्वास कर लिया कि वही मुन्नी के गाँव का मन्दिर है और किसी दोपहरी दोनों साथ-साथ उस मन्दिर के लिए निकलेगी। सुबह से बिलख-बिलखकर आँखें सुजा चुकी मुन्नी यह कल्पना करके ही बरबस मुस्करा उठी कि अचानक गुल्लू मासी के साथ गाँव के मन्दिर पर उसे पहुँचा देख उसके माता-पिता कितने चकित हो उठेंगे। गुल्लू के साथ मुन्नी बरामदे पर उन्हीं मधुर खयालों के संग चहलकदमी कर रही थी कि गेट पर नाना अपनी साइकिल से उतरते दिख गए। अन्दर आकर नाना ने उसे बहुत दुलार किया और गुल्लू से पूछा कि मुन्नी ने दिन में ठीक से खाया या नहीं? नाना दरअसल दिन भर क्लास लेने की व्यस्तता के कारण दोपहर के भोजन के लिए घर नहीं आते हैं। उनका चपरासी केवल क्वार्टर पर आकर टिफ़िन ले जाता है। इसलिए घर पहुँचते ही नाना ने गुल्लू से मुन्नी के बारे में दरयाफ़्त किया। उन्होंने सुबह में देखा था कि किस तरह मुन्नी दहाड़ें मार-मारकर रो रही थी, जब बेटी-दामाद अपने गाँव के लिए निकल रहे थे। तब थोड़ी देर बाद नाना भी यूनिवर्सिटि के लिए अपनी साइकिल से निकल गए थे। इसलिए दिन भर मुन्नी का दुख कम हुआ या नहीं, उन्हें पता नहीं था। जब गुल्लू मासी से उन्हें पता चला कि मुन्नी ने लाख मनाने के बावजूद कुछ भी नहीं खाया है, तो नाना के लिए चाय बनाने जा रही नानी से नाना ने पहले मुन्नी के लिए दूध-रोटी लेकर आने को कहा। फिर नाना ने बड़े प्यार से मुन्नी को गोद में बिठाकर दूध-रोटी खिलाया और तब जाकर उन्होंने चाय पी। नाना के हाथों दूध-रोटी खाते हुए मुन्नी ने कोई ना-नुकर नहीं किया। नाना ने मुन्नी को दुलारते हुए मासियों को बुलाकर कहा, "ये पूसा की पूसी कैट है! और तुम सब इसकी प्यारी बिल्ली मासियाँ...!" लिहाज़ा, सभी मासियाँ एक संग खिलखिला उठीं। इधर रोटी-दूध खाने के बाद मुन्नी को नींद आने लगी। नाना ने तब

आहिस्ते-से उसे अपने बिस्तर पर लिटा दिया।

मासियों के संग मुन्नी धीरे-धीरे यहाँ रम रही है। उसका नाम भी नाना ने 'राजेन्द्र कन्या विद्यालय' के पहले क्लास में लिखा दिया है। इसी स्कूल के दूसरे दर्जे में गुल्लू मासी भी पढ़ती है। नानी ने टेलर मास्टर को बुलवाकर मुन्नी का स्कूल ड्रेस भी तैयार करवा दिया है। नीला स्कर्ट और सफ़ेद कमीज़ पहनकर मुन्नी बहुत ख़ुश हुई है। नाना उसके लिए सुन्दर-सा स्कूल बैग और टिफ़िन बॉक्स भी ले आए हैं। स्कूल बैग में एक सुन्दर कॉपी, एक रंगीन-सी सुन्दर किताब, पेंसिल, पेंसिल कटर और रबर-सबकुछ है। गुल्लू मासी के पास भी यह सबकुछ है। हाँ, उसके बैग में किताबें दो-तीन हैं क्योंकि वह क्लास-टू में पढ़ती है। स्कूल जाने के नाम पर मुन्नी बिल्कुल नहीं रोई है। गुल्लू मासी साथ हो, तो वह कहीं जा सकती है। उन लोगों के स्कूल के पास ही एक बहुत पुरानी लाल इमारत है, जिसे सब 'लाल ऑफ़िस' कहते हैं। उसमें बैंक चलता है। गुल्लू मासी ने मुन्नी को जानकारी दी है कि 'लाल ऑफ़िस' में ढेर सारा रुपया गिना जाता है। मुन्नी को समझ में नहीं आया है कि इतना रुपया गिनकर क्या होता है। ख़ैर 'लाल ऑफ़िस' के अन्दर वह क्या करने जाएगी लेकिन गुल्लू मासी के साथ जल्दी ही वह नाना के क्वार्टर से दिखाई देनेवाले अपने गाँव के मन्दिर पर तो ज़रूर जाएगी।

शाम चढ़ रही है। गुल्लू मासी को बरामदे पर खड़ी हो दूर दिखता वह मन्दिर उसने फिर दिखाया है। उसने गुल्लू मासी से चहककर कहा है, "वहाँ जल्दी चलेंगे हम दोनों चुपचाप एक दिन स्कूल से आने के बाद।" फिर एक पल थमकर गुल्लू मासी बोली है, "अभी चलो यहाँ बाँध के पास में एक मजार है, तुम्हें घुमाकर लाती हूँ। अपने घर से दस मिनट पर है।"

"मजार क्या होता है?" मुन्नी ने चकित होकर गुल्लू मासी से पूछा है। वह अपने गाँव में कभी किसी मज़ार पर नहीं गई है।

"मजार भी एक तरह का मन्दिर ही होता है। जिस तरह मन्दिर में भगवान होते हैं, मजार में 'पीर बाबा' होते हैं। हर शाम मन्दिर की तरह यहाँ भी खूब दीया जलता है। हर शुक्रवार को यहाँ मजार पर बहुत सुन्दर मेला लगता है। हम लोग अभी तो यहाँ चल ही रहे हैं, परसों शुक्रवार है, तो उस दिन भी हम मजार पर चलेंगे।" गुल्लू मासी ने अपने ज्ञान का बक्सा उड़ेलते हुए मुन्नी से कहा है।

मज़ार पर पहुँचकर मुन्नी आनन्द से विस्मित हो गई है। अनगिनत दीयों से दीप्त मज़ार उसे अद्‌भुत लगा। वहाँ छत के लगभग बीचों-बीच नीचे फ़र्श पर रंगीन चादरों से ढँका एक लम्बा-चौड़ा, ऊँचा हिस्सा है। गुल्लू मासी ने बताया है कि इसमें 'पीर बाबा' रहते हैं। यह लोगों की हर इच्छा पूरी करते हैं। गुल्लू मासी की इन बातों को सुनकर मुन्नी उस रोशन जगह की भव्यता देख एक अलग ही दुनिया में खोई हुई है। मज़ार पर सात-आठ स्त्री-पुरुष मौजूद हैं। कोई सिर फ़र्श से सटाकर 'पीर बाबा' के पास झुका है, तो कोई बार-बार झुककर श्रद्धा प्रकट कर रहा है। दीपों की माला और लोगों की प्रार्थना को चकित निहारती मुन्नी को गुल्लू मासी ने कंधा हिलाकर जैसे वापस अपने आप में लाया है और सन से सफ़ेद बालोंवाली एक लम्बी-दुबली वृद्धा की तरफ मुख़ातिब करते हुए कहा है, "ये मजार की बूढ़ी दादी है। यहाँ का सबकुछ यही दादी देखती है।" मुन्नी ने देखा कि उम्र ने लम्बी-छरहरी दादी को कमर से थोड़ा झुका दिया है। पर दादी स्कूल टीचर की तरह मुन्नी को भारी अनुशासन प्रिय लगी। मज़ार पर आए सभी स्त्री-पुरुषों को वह पूरे अनुशासन में रखे हुई है। सबको सफ़ेद अराँची दानावाला प्रसाद दे रही है। इनमें एक किनारे खड़ी गुल्लू और मुन्नी सबसे छोटी है, इसलिए मज़ारवाली दादी ने सबसे पहले अराँची दाना उन दोनों की नन्ही हथेली में भर दिया है और पान से रँगे कत्थई दाँतों से मुस्कराकर बोली है, "तुम लोग फिर आना। आती रहना।" वह शाम और बाद के सभी दिन-क्या गर्मी, क्या जाड़ा और क्या

बरसात, घर पर गुल्लू मासी और मुन्नी पाबन्दी से मिट्टी का दो दीया बनाने लगी हैं। एक दीया घर के पूजा स्थल पर भगवान को साँझ देने के लिए और एक दीया शाम को मज़ार के 'पीर बाबा' के यहाँ जलाने के लिए। स्कूल से आकर खाना-पीना खाने के बाद गुल्लू और मुन्नी कैम्पस से मुट्ठी-मुट्ठी भर मिट्टी ले तन्मय होकर उसे सानती हैं और मिट्टी का दो नन्हा दीया बनाकर धूप में सूखने डाल देती हैं। इस काम में गुल्लू मासी से ज़्यादा मुस्तैद अब मुन्नी रहती है। शाम की उसे बेसब्री से प्रतीक्षा होती है ताकि घर में भगवान के सामने एक दीया जलाने के बाद जल्दी से मिट्टी के दूसरे दीये में तेल-बाती भर हथेली पर सँभालकर लिए हुए मजार पर जाए और 'पीर बाबा' के पास जलाए। मज़ारवाली दादी जैसे शाम को उन दोनों का इन्तज़ार ही कर रही होती है। वह दीयासलाई से दीया को जलाने में मदद कर देती है और फिर दोनों की हथेली 'पीर बाबा' के प्रसाद से भर देती है। अराँची दाना प्रसाद की पाँच-छह मीठी गोलियाँ हर शाम बचाकर मुन्नी अपने बैग में रख लेती है और अगले दिन स्कूल की अपनी दो-तीन दोस्तों को दो-दो गोलियाँ दे देती है, जिसे चुभलाकर उसकी दोस्त ख़ुश हो जाती हैं।

मज़ारवाली दादी गुल्लू और मुन्नी के 'अराँची दाना-प्रेम' को समझती है और इसलिए हर शाम सफ़ेद-मीठी गोलियों से उनकी हथेली भर देती है। एक शाम गुल्लू मासी ने मचलकर मुन्नी से कहा, "आज स्कूल का मेरा होम-वर्क कुछ ज्यादा है। इसलिए मजार पर तुम्हीं चली जाओ।" लिहाज़ा, मिट्टी का दीया लेकर मुन्नी अकेली मज़ार पर गई। मज़ारवाली दादी ने हैरान होकर पूछा, "और गुल्लू नहीं आई?" मुन्नी ने 'होम-वर्क' वाली वज़ह बताई। मज़ारवाली दादी ने मुन्नी के सिर पर बहुत प्यार से हाथ फेरते हुए कहा, "तुम यहाँ रोज दीया जलाने आती हो मेरी प्यारी बच्ची! हर शाम, इसी वक़्त! जबकि तुम लोगों के भगवान तो दूसरे हैं।" मुन्नी ने मासूमियत से मुसककर कहा, "पीर बाबा ख़ुश होते हैं और आप

ख़ुश होती हैं, इसलिए आती हूँ।" मज़ारवाली दादी हँस पड़ी और मुन्नी को गोद में बिठाते हुए पूछा, "पर तुम कैसे समझती हो कि तुम्हारे यहाँ दीये जलाने से पीर बाबा ख़ुश होते हैं?" मुन्नी ने दुलार से इठलाते हुए कहा, "दादी! आप देखती नहीं हैं कि हर शाम को हमारा दीया दूसरों के जलाए दीयों से कहीं ज्यादा देर तक जलता है। पीर बाबा ख़ुश होते हैं, तभी तो हमारा दीया यहाँ सबसे देर तक जलता है।" मज़ारवाली दादी कुछ पल तक हैरान ख़ुशी से मुन्नी का मुख देखती रही और उसे चूमते हुए कहा, "जिन्दगी में तुम्हारा कभी बाल बाँका नहीं हो। तुम्हारी आँखों में दुख के आँसू न आएँ मेरी प्यारी बच्ची।" एक पल थमकर भरे गले से मज़ारवाली दादी ने कहा, "इतना प्यार भरा दीया आजकल कौन जलाता है! लोग तो बाजार से दीये खरीदकर जलाते हैं। तुम्हारा कच्ची मिट्टी का बनाया दीया इसलिए सभी दीयों के बीच सबसे खूबसूरत लगता है। प्यार से टुक-टुक जलता दीया।"

स्कूल जाने के नाम पर मुन्नी कभी नहीं रोई है। जबकि वह अपने कई सहपाठियों को बिलख-बिलख कर रोते देखती है, जब उनके पिताजी उन्हें स्कूल छोड़ने आते हैं। वहीं, गुल्लू मासी के कारण मुन्नी हमेशा बुलन्द और बेफ़िक्र रहती है। गुल्लू मासी का क्लास रूम उसके क्लास रूम के बगल में है। पानी पीने के बहाने क्लास से निकलकर गुल्लू मासी मुसककर उसके क्लास रूम में गेट से अक्सर उसे झाँक भी जाती है।

मुन्नी के स्कूल के खेल-मैदान के बीचों-बीच एक बहुत बड़ा चैम्बर का लोहा का ढक्कन है। उस पर एक जंग लगा बड़ा-सा ताला पड़ा है। उसी स्कूल के ऊँचे क्लास में पढ़नेवाली उसकी मासी लोग बताती हैं कि लोहे के जंग लगे इस ढक्कन के नीचे अंग्रेज़ों के ज़माने की बहुत लम्बी सुरंग है। ये अंग्रेज़ क्या थे और ज़मीन के नीचे की सुरंग क्यों कोई बनवाता है, मुन्नी के लिए यह एक भारी पहेली है। गुल्लू मासी ने अपने भरसक ज्ञान से मुन्नी को बताया है कि अंग्रेज़ लोग बहुत गोरे होते हैं।

मुन्नी ने तब हैरान होकर कहा है कि "गोरी तो तुम भी हो, तो क्या तुम अंग्रेज हो?" गुल्लू मासी एक पल के लिए अटकी है और कहा है, "अरे बेवकूफ! जो गोरे लोग सात समुद्र पार के होते हैं, वे अंग्रेज़ होते हैं।"

"समुद्र कैसा होता है?" मुन्नी ने विस्मय से पूछा है।

"बाँध के उस पार जो बूढ़ी गंडक नदी है, सुना है कि उससे हजार गुना बड़ा होता है समुद्र।"

"क्या नदी भी दादी-नानी की तरह बूढ़ी होती है! गंडक नदी बूढ़ी कैसे हो गई?" मुन्नी अब तक समझती रही है कि दादी और नाना-नानी ही बूढ़े होते हैं।

"जब बहुत उम्र हो गई होगी इस नदी की, तब से इस नदी को लोग 'बूढ़ी गंडक' कहने लगे होंगे।" गुल्लू मासी ने भरसक अटकल लगाते हुए कहा है, "कल हम चलते हैं बाँध के उस पार जहाँ बूढ़ी गंडक नदी के किनारे अंग्रेज़ों के जमाने की एक बहुत बड़ी नाव लगी है। तुम्हारे यहाँ आने के पहले मैं एक-दो बार गई हूँ और उस जंग लगी बहुत बड़ी लोहे की नाव पर बैठी हूँ। लोग बताते हैं कि ऐसी ही बड़ी-बड़ी लोहे की नावों पर अंग्रेज़ लोग सात समुद्र पारकर अपने देश में आए थे। माँ बताती है कि जब वे लोग अपने देश के लोगों को सताने लगे, तो देश के लोगों ने उन्हें दौड़ा-दौड़ा कर भगाया। गोरे साहब-मेम साहब सब ऐसी ही लोहे की नावों पर जल्दी-जल्दी यहाँ से भागे। यह एक नाव यहीं रह गई, क्योंकि इसमें कुछ खराबी आ गई थी। कल तुम्हें वह नाव दिखाएँगे।" गुल्लू मासी ने उत्साह से कहा है, "बाँध पर चढ़कर जाएँगे हम।"

"नानी डाँटेंगी तो नहीं!" मुन्नी ने चिन्ता प्रकट की है।

"अरे नहीं। कोई दिक्कत नहीं। सबको पता है कि हम पीले क्वार्टर के बच्चे हैं। बाबूजी को सब जानते हैं।" गुल्लू मासी ने बड़ी बेतकल्लुफ़ी से कहा है।

अपने गाँव में मुन्नी ने न तो कोई बाँध देखा था न उस पर कभी चढ़ी

थी। अगले दिन बाँध पर गुल्लू मासी के साथ चढ़ते हुए वह रोमांचित थी। ऊँचे बाँध को टपने के लिए स्थानीय लोगों ने अपनी सुविधा से नीचे से ऊपर तक मिट्टी को तह पर तह काट कर एक कच्ची सीढ़ी-सी बना रखी है। मुन्नी सँभाल-सँभालकर उस पर चढ़ रही थी। गुल्लू मासी बाल-पर्वतारोही की तरह मिट्टी की उन सीढ़ियों पर उछल-उछल कर चढ़ रही थी।

उस वक्त दोपहरी ढल रही थी। पर शाम नहीं उतरी थी। बाँध से नीचे उतरकर मुन्नी को सचमुच मजा आ गया। सामने बूढ़ी गंडक का पानी लहरा रहा था। कुछ आगे बढ़ने के बाद गुल्लू मासी ने कहा, "वह देखो मुन्नी...घाट से बँधी अंग्रेज़ों की नाव।"

"ओ माँ...।" उस विशाल लोहे की नाव को देखकर मुन्नी के आश्चर्य का पारावार नहीं रहा। इतनी बड़ी नाव उसने कभी नहीं देखी थी। नाव इतनी बड़ी कि उसमें कम से कम दो सौ लोग आराम से नाव के अन्दर बैठ सकते थे। गुल्लू मासी नाव के अन्दर उछल-उछलकर नाव के अंजर-पंजर का मुआयना कर मजे ले रही थी। उसके इन करतबों से मुन्नी का भी मन बाग-बाग हो रहा था। उसने सोचा कि अब वह कभी-कभी गुल्लू मासी के साथ बाँध पार कर यहाँ आया करेगी। बूढ़ी गंडक की लहरें भी उसे बहुत मोहक लगीं। कितनी विशाल नदी है बूढ़ी गंडक। इसका तो कोई ओर-छोर ही नहीं। गुल्लू मासी और मुन्नी जब लोहे की नाव पर चहल क़दमी कर घर लौटीं, तो नाना बाहर बरामदे पर अपनी आराम कुर्सी पर बैठे मिले।

"कहाँ से आना हो रहा है आप दोनों का?" नाना ने मुस्कराकर पूछा।

" हम दोनों बूढ़ी गंडक के किनारे लगी नाव पर खेलने गए थे।" गुल्लू ने कहा।

"कैसा लगा मुन्नी को?" नाना बतियाने के मूड में थे।

"अच्छा तो बहुत लगा लेकिन इसने मुझसे पूछा कि इसका नाम बूढ़ी

गंडक क्यों है! मैंने मुन्नी को बताया कि दरअसल में यह नदी बहुत बूढ़ी है।

"वाह।" नाना हँस पड़े, "तुम्हारे जवाब में दम है।" फिर एक पल थम मुन्नी की तरफ़ मुख़ातिब होकर उन्होंने कहना शुरू किया, "यह बूढ़ी गंडक जो है न यह गंगा की उपनदी है। यह नदी बिहार के पश्चिम चंपारण से निकलती है और पूर्वी चम्पारण, मुजफ्फरपुर, समस्तीपुर और बेगूसराय जिलों से होते हुए खगड़िया के पास फिर से गंगा में मिल जाती है। यह तीन सौ बीस किलोमीटर लम्बी नदी है।" यह विवरण देने के बाद नाना ने खिलखिलाते हुए कहा, "और यह नदी कितनी बूढ़ी है, इसके बारे में तुम्हारी बूढ़ी गुल्लू मासी ज्यादा बताएगी।" नाना के आख़िरी वाक्य पर गुल्लू मासी चिढ़कर मुन्नी का हाथ पकड़े कमरे में चली गई।

मुन्नी ने सोचा कि कल वह अपने स्कूल की दोस्तों को इस सबके बारे में बताएगी। यह सब सुनकर उसकी दोस्त सब बहुत ख़ुश होगी। उन सबको बूढ़ी गंडक के बारे में इतना थोड़े न पता होगा।

स्कूल घर से बहुत पास ही है। रास्ते में बरगद, कदम्ब, नीम, पीपल, सेमल, कटहल, इमली, आँवला, शहतूत और न जाने कितने क़िस्म के घने और पुराने-पुराने पेड़ हैं। गन्ना का बड़ा खेत है। पूसा में कृषि विश्वविद्यालय होने के कारण यहाँ असाधारण वनराजि है। हरियाली से उमकता है यह क़स्बाई इलाक़ा। मुन्नी की बाक़ी मासियाँ भी इसी स्कूल के अलग-अलग वर्गों में पढ़ती हैं। मुन्नी की सभी मासियाँ बहुत ख़ुशमिज़ाज हैं। हाँ, छह मासियों में सबसे बड़ी छब्बी मासी बहुत अनुशासनप्रिय हैं। पूसा कृषि विश्वविद्यालय के जितने भी प्रोफ़ेसर हैं, उनमें सबसे ज़्यादा बच्चोंवाले मुन्नी के नाना हैं। नौ बच्चों के पिता। इसको लेकर मुहल्ले के लोग परिहास भी करते हैं। स्कूल से लौटने के बाद शाम को गुल्लू मासी के संग क्वार्टर के सामने के विशाल और बहुत घने पुराने पीपल के पेड़ के नीचे मुन्नी खेल रही होती है, तो आते-जाते मुहल्ले के लोग मुन्नी को लाड़ से चिढ़ाने के अन्दाज़ में पूछते हैं, "मुन्नी! क्या तुम्हारी नानी को

फिर से बच्चा होनेवाला है?" बौखलाकर मुन्नी कहती है, "मेरी नानी को नहीं, तुम्हारी नानी को बच्चा होनेवाला है।" मुन्नी को ऐसे सवालों पर बहुत ख़ीज मचती है; जबकि गुल्लू मासी इस पर हँसने लगती है। मुन्नी को समझ में नहीं आता है कि उसकी नानी को कितना भी बच्चा हो, इसको लेकर दूसरे लोग क्यों परेशान होते हैं! अपने नटखट मामा को लेकर मुन्नी सोचती है कि सचमुच वह एक गुंडा बच्चा है, जिसने धरती पर आने के लिए नानी को इतना इन्तज़ार कराया। अपनी बाल बुद्धि को भरसक दौड़ा कर मुन्नी इस निष्कर्ष पर पहुँचती है कि लड़कों की तुलना में कहीं ज़्यादा अच्छी लड़कियाँ होती हैं। धरती पर आने में कोई नखरा-तिल्ला नहीं करती हैं। जैसे कि मुन्नी की माँ और सभी मासियाँ। गाँव में जब मुन्नी की माँ को बच्चा होनेवाला था, तो पिताजी बहुत दर्द की हालत में माँ को अस्पताल लेकर गए थे। अस्पताल से माँ उसके छोटे भाई को लेकर आई थी। मुन्नी ने अपनी दादी को यह कहते सुना कि भाई को माँ के पेट से निकालने के लिए डॉक्टर को माँ के पेट में चीरा लगाना पड़ा था। गुल्लू मासी ने मुन्नी को बताया है कि उसका मामा भी नानी के पेट से चीरा लगवाकर ही निकला था। मुन्नी सोचती है कि माँ के पेट से चीरा लगवाकर निकले बच्चे एकदम-से गुंडे होते हैं। गुल्लू मासी ने उसे बताया है कि उसके मामा ने कैसे अचानक एक बार उसे कुर्सी से ढकेलकर गिरा दिया था और सिर में लगी चोट से कराहते हुए वह कई दिनों तक बिस्तर पर पड़ी रही थी। मुन्नी सोचती है कि उसका भाई भी ज़रूर मामा जैसा ही शैतान निकलेगा। पर अगर मुन्नी को वह कभी गुल्लू मासी की तरह ढकेलेगा, तो वह भी छोड़ेगी नहीं। देगी उसको ज़ोर का मुक्का।

मुन्नी देखती है कि मामा की तुलना में सभी मासी लोग कितनी शांत हैं। मामा इतना बड़ा हो गया है पर अभी भी नानी के दूध से लगा रहता है। उसने अभी स्कूल भी जाना शुरू नहीं किया है। पर छहो मासियाँ घर

के कामकाज में नानी का पूरा हाथ बँटाती हैं। फिर भी मुन्नी को यह देखकर हैरानी होती है कि मासियों को लेकर नानी हमेशा खीज में रहती हैं। वहीं मामा का सातों खून माफ़। हाँ मासियों को लेकर नाना के दुलार में कोई कमी नहीं है। वे अक्सर मुस्कराते हुए कहते हैं कि, "ईश्वर ने एक कतार से मुझे लक्ष्मी, सरस्वती, दुर्गा, श्यामा, पार्वती, सीता, भवानी, और भुवनेश्वरी का दुर्लभ अनूप उपहार दिया है।" बेटियों को लेकर नानी शायद इसलिए चिन्ता में खीजती रहती हैं कि इन सबकी शादी कैसे होगी। एक प्रोफ़ेसर के सीमित वेतन से इतनी बेटियों की शादी के लिए दहेज कहाँ से जुटेगा? पर वैसे खान-पान, कपड़े-लत्ते और रहन-सहन में नाना की तरह नानी भी बेटियों के लिए बहुत उदार हैं। स्कूल ड्रेस तो ख़ैर सबका एक-सा है लेकिन किसी विशेष अवसर पर कहीं आने-जाने या पर्व-त्योहार के लिए कपड़े सब के लिए एक ही थान से लिए जाते थे। सभी मासियों के लिए जाड़े का कोट एक-सा आसमानी नीला है। इधर मुन्नी समेत सभी मासियों के लिए जो कपड़ा आया है, वह एक ही लाल थान का। नाना-नानी के लिए सभी बच्चे तुलसी के पत्ते जैसे हैं। तुलसी दल, क्या छोटा और क्या बड़ा! कोई अन्तर और कमतर नहीं है।

3

मुन्नी, गुल्लू और पुलिस

जेठ की तपिश लगातार तेज़ है। अब थोड़े दिनों में स्कूल में गर्मी की छुट्‌टी होगी। मई के दूसरे सप्ताह से जून के तीसरे सप्ताह तक नाना की यूनिवर्सिटि में भी छुट्‌टी रहेगी। पूसा के आम और लीचियों के पेड़ इस बार फिर लदे पड़े हैं। ऐसी कौन-सी लीची है और ऐसा कौन-सा आम है, जो पूसा में नहीं है। मई अन्त से देसी शाही, अर्ली बेदाना, देहरा रोज़ और रोज़ सेंटेड् लीचियाँ पकनी शुरू हो जाएँगी। वैसे, इससे भी हफ़्ता दिन पहले कसबा, सबौर बेदाना, चाईना और लेट बेदाना लीची पकने लगती है। मध्य जून से कसैलिया, लौंगिया, स्वर्णरूपा और सबौर प्रिया लीची के लाल सुर्ख़ दाने वर्षा में भीग-भीगकर रस से डग-डग करते हैं।

आम का भी यही जलवा! मई अन्त से जून आरम्भ तक आते-आते रानी पसन्द, सुन्दर प्रसाद, बम्बई, ज़रदालु, गुलाब ख़ास, और गुलाब भोग अपनी बौछार शुरू कर देते हैं। जून में लँगड़ा (मालदह), अमन दशहरी, कृष्णभोग, हुस्नआरा, आम्रपाली, भरत भोग, बेनजीर और हिमसागर की रस-वर्षा का ओर-छोर नहीं रहता है। जुलाई महीना में राजेन्द्र आम, रत्ना, सुकुल, फजली, सिपिया और तैमूरिया का मज़ा है। अगस्त आते-आते चौसा, कतकी और बरमसिया का आख़िरी झोंका होता है। नाना कहते

हैं, "इस बार आम और लीची भर-भरकर होगा।" आम के मौसम में पहली बार मुन्नी अपने नाना-नानी के यहाँ होगी।

आम और लीची ने इस बार सचमुच मुन्नी को मानों रस से लथपथ कर दिया है। ग़लत नहीं कहा जाता है कि फलों का राजा है-आम। गुल्लू मासी और मुन्नी ही क्या, नाना-नानी से लेकर सभी मासियाँ और उसका छुटकू मामा आम और लीची में जी भर कर डुबकियाँ लगा रहे हैं। नाना पुलकित हो कहते हैं, "आम के मौसम में कोई बुरबक आदमी ही ज्यादा रोटी-भात खाएगा।" आमों के ऊपर की मुट्ठी काट रात को ही नानी दो बाल्टी में पानी भर कर रख देती हैं। बकौल नानी-रात भर पानी में रहने से आम की गर्मी निकल जाती है। वरना उसकी गर्मी बनी रह गई, तो चेहरे पर बर्रे-झर्रे। आम को जितनी तरह से खाया जा सकता है, खाया जा रहा। जैसे पूरा आम चूसा जाना। आम का कतरा। चूड़ा आम या रोटी आम। और नहीं तो आम के रस में दूध और चावल डालकर खीर। गुल्लू मासी, आम की वन्दना में उसे जितनी भी कविताएँ याद हैं, इन दिनों पढ़ती है। जैसे कविता नम्बर एक—

देखो कितना आम रसीला
छिलका इसका पीला-पीला!
लगता कितना ताजा है,
आम फलों का राजा है।

कविता नम्बर दो—

आम का देखो रंग है पीला,
खाने में यह बड़ा रसीला!
चूसो, खाओ ताजा आम,
सभी फलों का राजा आम।

पर यही नहीं, मासी लोग अलग ही आम के गीतों को लेकर शाम को अन्तराच्छरी खेलती हैं और सबकुछ सुहावन कर देती हैं। इनमें हिन्दी फ़िल्मों के कई गाने होते हैं, तो वहीं मैथिली में 'आम और महुआ' का विवाह गीत भी।

हिन्दी गानों की झड़ी में—'जैसे अमुवा के मोजरा से रस चूबेला... हो करेजा छूबेला...' और 'कोयलिया बोली रे अमुवा की डार...'! फिर मैथिली के 'आम-महुआ बियाह गीत' में क्या झूम-झमट रहती है—

प्रेमक डोली चढ़ि चलली सिया दाइ,
हे सखि! चलू आम-महुआ बियाहय!
बाजन बाजय बहुत झम-झम,
हे सखि! चलू आम-महुआ बियाहय!
सिंदूर-पिठार सिया आम में लगाओल,
महुआ पीयर डोरी लेपटाय!
हे सखि! चलू आम-महुआ बियाहय।

'आम-महुआ' की शादी भला क्यों कराई जाती है—यह गीत सुनकर मुन्नी को अचरज होता। उसने गुल्लू मासी से इस बारे में पूछा है। पर गुल्लू मासी ने कहा है कि यह गहरी बात है और यह छब्बी मासी ही बता सकती है। छब्बी मासी अनुशासन प्रिय हैं लेकिन मुन्नी को पता है कि मासी उसे कलेजे के टुकड़े की तरह मानती हैं। सो आज शाम जब मासियों ने 'आम-महुआ बियाह गीत' गाकर पूरा किया है, तो सकुचाते हुए मुन्नी ने छब्बी मासी से पूछा है, "मासी! आम और महुआ की शादी क्यों होती है?" छब्बी मासी खिलखिलाकर हँस पड़ी हैं और बोली हैं, "किसी भी लड़के-लड़की की शादी के पहले आम-महुआ की शादी इसलिए कराई जाती है कि शादी के बाद उन दोनों को किसी भी दुख-तकलीफ का सामना न करना पड़े। नाई को साथ लेकर शादी के पहले

महिलाएँ लड़का-लड़की को लेकर आम और महुआ के पेड़ों का सात फेरा लगाती हैं। महुआ को आम की तरफ से सिंदूर लगाया जाता है और आम को महुआ की तरफ से पीले धागे में लपेटा जाता है। उसी समय 'आम-महुआ बियाह' का गीत गाया जाता है।" मुन्नी ने सोचा कि उसकी माँ से पिताजी की शादी के पहले आम और महुआ की शादी ज़रूर कराई गई होगी और यही गीत गाया गया होगा। माँ—पिताजी और अपने छोटे भाई को यादकर मुन्नी का कलेजा फटने लगता है। उन सबको यादकर वह अपने आँसू चुराती है। नाना-नानी और मासियों के यहाँ दुलार ही दुलार है। फिर भी शामों को वह दूर दिख रहे मन्दिर के शिखर पर जलते बल्ब को क्वार्टर के बरामदे से निहार ही लेती है। उसे अफ़सोस लगता है कि गुल्लू मासी के साथ अपने गाँव के इस मन्दिर पर अभी तक वह क्यों नहीं जा पाई है।

उस मन्दिर पर न जाने की उदासी वह 'पीर बाबा' के मज़ार पर जाकर दूर कर लेती है। रोज मज़ार पर मिट्टी का ख़ुद का बनाया दीया जलाने में उसे बहुत अच्छा लगता है। कभी किसी दिन गुल्लू मासी मज़ार जाने की बात टालना भी चाहती है, तो ज़िद में मुन्नी अकेले भी वहाँ दीया जला आती है। मज़ार पर अब उसे अकेले जाने में डर नहीं लगता है। अभी पिछले हफ़्ते वह दीया के संग-संग 'पीर बाबा' के लिये दो आम और पाँच लीचियाँ भी लेकर गई थी। मज़ारवाली दादी आम-लीची और दीये से लदी-फँदी मुन्नी को देख हँस पड़ी थीं, "इतना क्यों परेशान हुई तुम?" मुन्नी उनकी बात अनसुनी करते हुए बोली, "इसमें एक आम और दो लीची 'पीर बाबा' के लिए और बाकी सब आपके लिए है।"

गर्मी की लम्बी छुट्टी बीत गई है। स्कूल खुल गया है। आज छुट्टी के बाद पहले ही दिन मुन्नी और गुल्लू के सिर पर जैस वज्रपात हुआ है। स्कूल में घुसते ही ख़बर मिली है कि आज थोड़ी देर में बच्चों को चेचक का टीका लगानेवाले आ रहे हैं। सुनकर गुल्लू मासी को एकदम

से पसीना छूट गया है। सूई देखते ही उसका कलेजा मुँह में आ जाता है। अभी पहली घंटी नहीं बजी है। गुल्लू मासी दौड़ी हुई मुन्नी के क्लास रूम में आई है और उसका हाथ पकड़ उसके कान में फुसफुसाकर कहा है, "ऐ मुन्नी! चलो जल्दी भागो। थोड़ी देर बाद स्कूल में चेचक की सूई लगानेवाले आ रहे हैं।" मुन्नी भी, जो इस समाचार के मिलने से पहले से ही अपने क्लास रूम में बेचैन हो रही थी, अपना बस्ता उठाकर गुल्लू मासी के साथ फ़ौरन भाग चली है। स्कूल की छुट्टी में अभी बहुत समय है। समय के पहले घर जाने से मार पड़ने की आशंका पक्की है कि ये दोनों स्कूल से भाग कर आ गई हैं। इसलिए पीठ पर बस्ता टाँगे गुल्लू मासी और मुन्नी कुछ देर तक यों ही जंगल-झाड़ और पेड़ों के इर्द-गिर्द भटकती रहीं। मुन्नी ने रास्ते में एक पीली तितली को पकड़ा और यह सोचकर उसे उड़ा दिया कि इसके माँ-पिताजी परेशान होंगे।

बहरहाल, कुछ देर की मटरगश्ती के बाद जब दोनों आगे बढ़े हैं, तो देखा है कि एक बड़े-से मैदान में लीची की नीलामी हो रही है। लाल सुर्ख़ लीचियों का पर्वत मैदान में पड़ा है। गुल्लू मासी ने मुन्नी को बताया है कि पूसा में हर साल का नियम है कि पूरे बागान की नीलामी कर दी जाती है। बहरहाल, बातचीत करते जब गुल्लू और मुन्नी लीची के पर्वत की तलहटी में पहुँची हैं, तो एक बुज़ुर्ग ने लीची का एक-एक बड़ा गुच्छा दोनों के हाथों में थमा दिया है और मुस्कराकर कहा है, "बस अब घर जाओ।"

लीची का रस मुँह में घोलते हुए दोनों कुछ दूर बढ़ी ही हैं कि नीलामी स्थल से तेज़ आवाज़ें आने लगी हैं। दरअसल, लीची के लालच में बहुत-से स्थानीय लोग भी वहाँ पहुँचकर कोलाहल शुरू कर चुके हैं। गुल्लू मासी और मुन्नी का उस कोलाहल में ही ध्यान उलझा है कि अचानक सामने से बन्दूकें सँभाले पुलिसवाले आते दिखे हैं, जो नीलामी स्थल की तरफ़ ही तेज़ी से जा रहे हैं। गुल्लू मासी और मुन्नी एकदम-से पुलिसवालों के

सामने पड़ गई हैं। एक पल में दोनों का प्राण सूख गया है। इन दोनों को लगा है कि सबसे पहले तो पुलिसवाले इन्हीं दोनों को पकड़कर हथकड़ी लगाएँगगे कि स्कूल से भागकर तुम दोनों कहाँ जा रही हो? दरअसल, दोनों स्कूल ड्रेस में हैं और पीठ पर किताब का बस्ता है। पुलिसवालों से गुल्लू मासी को बहुत डर लगता है क्योंकि लोगों से वह बराबर सुनती आई है कि कुछ भी ग़लती करने पर पुलिस पकड़कर हथकड़ी लगाती है और जेल में डाल देती है। एक पल के लिए स्याह स्तब्ध आँखों से गुल्लू मासी और मुन्नी ने पुलिसवालों को देखा है। पर दोनों की तब जान में जान आई है जब पुलिसवालों ने हँसते हुए कहा है, "तुम लोग कहाँ घूम रही हो! जाओ। जल्दी घर जाओ। भागो।"

स्कूल की छुट्टी के निर्धारित समय के पहले घर पहुँचना मार खाने को सुनिश्चित करना है लेकिन गुल्लू मासी ने मुन्नी से कहा है कि पुलिसवालों ने घर जाने के लिए कहा है और अगर अभी दोनों घर नहीं पहुँचीं, तो पुलिसवाले दोनों को छोड़ेंगे नहीं। पकड़कर ले ही जाएँगे। स्कूल की छुट्टी के समय से बहुत पहले इन दोनों को घर पहुँचा देख नानी चौंकी हैं। ख़ैर, नानी ने दोनों को खाना खिलाकर चुपचाप सो जाने को कहा है। शाम को जब नानी से छब्बी मासी को पता चला है कि स्कूल की छुट्टी से पहले ये दोनों घर आ गई थीं, तो जैसा कि तय था, छब्बी मासी ने दोनों की ठुकाई की है और स्कूल से भाग आने का कारण पूछा है। अन्ततः दोनों ने सचाई उगल दी है कि चेचक की सूई के डर से दोनों स्कूल से भाग आयीं। यह बताना भी दोनों के लिए शामत हुई है; क्योंकि अगले दिन चेचक टीकाकरणवालों को घर पर बुलवाकर छब्बी मासी ने दोनों को टीका लगवाकर ही चैन की साँस ली है।

देखते-देखते पाँच महीने बीत गए हैं। यह जुलाई महीना है। आषाढ़ का पानी झम-झम कर रहा है। अभी पिछले दिनों नाना एक मीटिंग में पटना गए थे। वहाँ से वे लौटे, तो सबके लिए एक ही रंग का नीला 'रेन

कोट' और एक जैसी काली छतरियाँ ले आए। अब जब एक जैसा नीला 'रेन कोट' पहन काली छतरियाँ ताने मुन्नी समेत सातों लड़कियाँ वर्षा में स्कूल के लिए निकलती हैं, तो रास्ते में एक टेलर मास्टर क़ासिम चाचा मुसकते हुए सबकी गिनती कुछ यों शुरू करते हैं, "इना...मीना... डिका...सिका...टिका...पिका...।" और आख़िर में मुन्नी को गिनकर फिक्क से हँस देते हैं, "और ये है हमारी चब्बी चिका...।" इसी तरह रास्ते में कुछ और लोग भी दिलचस्प गिनती करते हैं। कतार की सबसे बड़ी छब्बी मासी को लोगों की इन बेहूदाबाजियों से बहुत ग़ुस्सा चढ़ता है। छब्बी मासी बालिका-दल की 'रिंग-मास्टर' हैं। क्या मज़ाल कि कोई उनमें से किसी की छाया भी छू ले। दूर से भले जो फ़िकरे कस लें। गुल्लू मासी बताती है कि बकौल नानी छब्बी मासी का जन्म क्योंकि छब्बीस जनवरी को हुआ था, इसलिए नाना इसे प्यार से 'छब्बी' पुकारने लगे। बाद में स्कूल में 'छब्बी' को सुन्दर कर मासी का नाम 'छवि' लिखाया गया। बहरहाल, मुन्नी को और बाक़ी मासियों को भी भरोसा है कि छब्बी मासी को दुनिया की बहुत-सी बातें ठीक-ठाक समझ में आती हैं। छब्बी मासी ने पिछले दिनों खीजकर नानी से कहा है कि, "अम्मा! ये क्या तरीका है कि हम सबका कपड़ा, छाता और रेनकोट एक ही रंग का? हमलोग जब कहीं निकलते हैं, तो लगता है कोई 'बैंड पार्टी' जा रही है। बाबूजी को बोलो कि अगली बार से सबका अलग-अलग रंग का कपड़ा फ्रॉक, सलवार और जम्फर के लिए खरीदेंगे। तुमको क्या पता कि बाहर हमलोगों का क्या मजाक उड़ता है अम्मा! इस पूरे कस्बे में हम सब पूरे जोकर लगते हैं।"

पर नानी भी ग़ज़ब हैं। हर बार वे छब्बी मासी की बात को हँसकर हवा में उड़ाते हुए कहती हैं, "छब्बी! इसका जो फायदा है, वह तुमको नहीं मालूम। सोचो भला कि स्कूल ड्रेस एक जैसा क्यों होता है? पुलिस और फौजवालों की वर्दी एक-सी क्यों होती है?" नानी के इन तर्कों पर

छब्बी मासी चिढ़कर कहती हैं, "तो तुम भी उसी रंग की साड़ी पहनो, जिस रंग का हम सबका सलवार-जम्फर है।"

पर नानी क्यों ऐसा कहती हैं, इसका पता तब चला जब पिछले हफ़्ते रविवार को पूसा के 'किसान मेला' की भीड़ में गुल्लू मासी, सबसे बिछुड़ गई। यह 'किसान मेला' कई बीघा में फैले मैदान में लगता है, जो घर से दूर है। बहरहाल, किसी रिबन-फ़ीतेवाले बिसाती के पास उसके एक से एक रंगीन सामान को निहारने में खोई गुल्लू मासी जमात से छूट गई। मुन्नी जबकि गुल्लू मासी से कभी अलग नहीं होती है। पर उस दिन उसने भी ग़ौर नहीं किया। वह पाँचो मासियों के संग आगे बढ़ गई। मेला से बाहर निकलने पर अचानक छब्बी मासी ने ज़ोर से चीखते हुए कहा, "गुल्लू कहाँ रह गई?"

मुन्नी समेत सभी मासियाँ मेले की भीड़ में गुल्लू को ढूँढ़ने के लिए घुसीं। पर गुल्लू का कहीं कोई पता नहीं था। दरअसल, मासियों के दल से बिछुड़ने का गुल्लू को जब इल्म हुआ, तो वह ज़ोर-ज़ोर से रोने लगी। तभी किसी की नज़र गुल्लू पर पड़ी। उसने छूटते हुए कहा, "अरे, ये तो 'धान सर' की बेटी है। पूसा में लाल फ्रॉक उन्हीं की सभी बेटियाँ पहनती हैं।" उस आदमी ने गुल्लू को मुन्नी और मासियों के घर पहुँचने के पहले अपनी साइकिल पर बिठाकर घर पहुँचा दिया था। घर पहुँचकर छब्बी मासी ने बरामदे पर मुसकती गुल्लू मासी को जब देखा, तो आव देखा न ताव, उसे एक ज़ोरदार थप्पड़ जड़ दिया। फिर क्या था गुल्लू मासी गला फाड़-फाड़ कर रोने लगी।

4

मधुमक्खी और मछलियाँ

नाना-नानी समेत मासियों के झुंड में मुन्नी के दिन शहद जैसे हैं। हाँ, माँ और पिताजी की याद मधुमक्खी के डंक की तरह उसे बेशक़ चुभती है। यह एक ऐसी हूक है, जो गहराती शाम के साथ और गहरी होती चली जाती है। मुन्नी का मुख म्लान हो जाता है। उसे छोटे भाई की बहुत याद आती है। वह सोचती है कि इस बार जब माँ आएगी, तो एक और छोटे भाई को लेकर आएगी। ख़ैर, मुन्नी के मुख पर उदासी का मकड़ा अधिक देर तक जाल इसलिए नहीं बना पाता है क्योंकि उसकी चुलबुली गुल्लू मासी उसकी उदासी के बीच ज़ोर से कूदकर हाज़िर हो जाती है, "क्या हुआ तुमको मुन्नी?" गुल्लू मासी की फैली बत्तीसी उसे गुदगुदा ही देती है।

"आज दोपहर मधुमक्खी का छत्ता काटनेवाला आएगा।" गुल्लू मासी ने उसे यह बड़ी ख़बर स्कूल जाने के दौरान दी है। मुन्नी के गाँव में भी बहुत खेत-खलिहान हैं। गाछ-वृक्ष, बाँसवाड़ी और पोखर-झाखड़ भी। पर कभी उसने अपने गाँव में मधुमक्खी का छत्ता नहीं देखा था। नाना के क्वार्टर के सामने के विशाल-झंखाड़ पीपल पेड़ के नीचे, जहाँ वह और उसकी गुल्लू मासी स्कूल से लौट खाना-पीना करने के बाद 'कित-कित' या जो मन करता है, खेलती हैं, उससे लटके मधुमक्खी के एक बहुत

बड़े काले भूरे छत्ते को दिखाते हुए गुल्लू मासी ने एक दिन मुन्नी को बताया था कि जो शहद हमलोग खाते हैं, वह इसी छत्ते से निकलता है। एक रानी मक्खी होती है इसमें, जो ढेर सारी कमेरी मक्खियों से फूलों का पराग मँगवाकर शहद तैयार कराती है। गुल्लू मासी ने बताया था कि इस पीपल के पेड़ पर मधुमक्खियाँ बराबर अपना छत्ता लगाती हैं और शहद उतारने में माहिर लोग जब देख लेते हैं कि छत्ता काटकर शहद निकालने का समय हो गया है, तो वे लोग तीन चार की संख्या में आते हैं और सावधानी से छत्ता काटकर शहद निकालते हैं। उन्हें पता है कि थोड़ी भी असावधानी होने पर मधुमक्खियों की बौखलाई फ़ौज उन्हें भँभोर लेगी।

आज स्कूल के रास्ते में जब गुल्लू मासी ने बताया है कि दोपहरी में शहद का छत्ता काटनेवाले लोग आएँगे, तो स्कूल में भी मुन्नी का एक मिनट मन नहीं लगा है। वह बेचैन रही कि कब स्कूल में छुट्टी हो और गुल्लू मासी के साथ वह पीपल पेड़ के नीचे खड़ी होकर शहद के इस बड़े-से छत्ते का काटा जाना देखे। गुल्लू मासी और मुन्नी क्योंकि छोटे-छोटे क्लास में हैं, इसलिए छब्बी मासी और अन्य मासियों से पहले इन दोनों की छुट्टी हो जाती है। फिर मस्ती से अठरते-मठरते, आसपास के पेड़-पौधों को निहारते और उन पेड़ों की शाख़ों पर खेलती गिलहरियों और चिड़ियों के दल को देखते दोनों घर लौटती हैं। रास्ते में खेतों के किनारे पड़े घोंघा और सितुआ को भी हाथ में लेकर खेलती हैं। वैसे मुन्नी के गाँव में भी बहुत-से पेड़ हैं, लेकिन पूसा में गम्हार, महोगनी, बकैन, हरा सेमल, सफ़ेदा यानी यूकेलिप्टस के एक से एक आसमान छूते पेड़ों से मुन्नी परिचित हुई है। सिंदूर का पेड़ भी पहली बार मुन्नी ने पूसा में ही देखा है। मँझोले क़द-बुत वाले सिंदूर पेड़ की फली को तोड़ उसके बीज को जब गुल्लू मासी ने जादूगर की तरह हथेली में दबाया, तो उसकी पूरी हथेली सिंदूर के रंग से भर गई। उससे एक साल बड़ी और एक क्लास आगे उसकी गुल्लू मासी उसकी ऐसी सचेत गाइड है,

जो कुछ भी नज़र से छूटने नहीं देती है।

गुल्लू मासी और मुन्नी अभी जब घर के पास पहुँची हैं, तो पीपल के पेड़ के नीचे खड़े तीन-चार लोगों को देखकर गुल्लू मासी चहक उठी है, "देखो मुन्नी! ये लोग आ गए हैं। अब ये छत्ता काटना शुरू करेंगे।" गुल्लू मासी यह कहते हुए उन लोगों की तरफ़ देखकर मुस्कराई है। वे लोग मासी को नाम से जानते हैं, सो बड़े अनुराग से उनलोगों ने कहा है, "ऐ गुल्लू! तुमलोग जल्दी से अपना-अपना कटोरा लेकर आओ। बस अब हमलोग छत्ता काटना शुरू कर रहे हैं।" गुल्लू मासी गदगद हो मुन्नी के संग अन्दर भागी है और दोनों कटोरा लाकर पीपल के पेड़ के नीचे पहला शहद पाने की बेताबी में खड़ी हैं। छत्ता काटनेवालों ने टकटकी लगाए खड़ी गुल्लू और मुन्नी के कटोरों में रस से डग-डग कुछ रबड़नुमा सफ़ेद टुकड़े डालते हुए कहा है, "लो, पहले शहद के छत्ता का मोम खाओ।" मुन्नी ने अपने गाँव में कभी रस से टपकता शहद का मोम नहीं खाया। वह कटोरे में मोम लेकर हैरान-चकित खड़ी है। गुल्लू मासी ने उसकी पीठ पर दुलार से धौल जमाते हुए कहा है, "अरे खाओ न! बहुत मजा आएगा।" मोम को मुँह में लेकर मुन्नी को अभी लग रहा है कि उसका मुँह ही क्या, पूरे शरीर में रस भर गया है। गुल्लू मासी को मोम चूसने का पहले से अभ्यास है। इसलिए वह मुन्नी से कह रही है, "मुन्नी! देखो मैं कैसे चूस रही हूँ, वैसे ही चूसो और मोम को धीरे-धीरे चबाओ।" मोम का रस मुँह में भरकर गद्गद गुल्लू मासी कितनी प्यारी लग रही है। मासी की देखादेखी वैसे ही मोम को चूस-चबा रही मुन्नी भी रह-रहकर पुलकित हो रही है।

थोड़ी देर बाद वे लोग शहद का पूरा छत्ता काटकर बरामदे पर ले आए हैं। रस से भरा मोम भी बहुत है। नानी ने एक बड़ा-सा डोंगा लाकर उन लोगों को दिया है। उनलोगों ने चाकू से पाँव रोटी के टुकड़े की तरह मोम को सलीके से काट-काटकर डोंगा में डाल दिया है। मासी

लोग स्कूल से आएगी, तो खाकर ख़ुश हो जाएगी। नानी ने शहदवाले को छत्ता काटने के एवज़ में कुछ रुपया आलमीरा से निकालकर दिया है। नाना ने नानी से कह रखा है कि इन लोगों को एक पैसा भी कम मेहनताना नहीं देना है। ये लोग एकदम शहद भरे दिल से यहाँ से जाएँ। गुल्लू मासी तब तक नानी के चारो तरफ़ ख़ुश होकर नाचती रही है, जब तक नानी ने शीशे के बड़े बोइयाम मैं सारा शहद भर नहीं दिया है। रात के खाने में नाना समेत सभी बच्चों को छोटे कटोरों में भर-भर कर नानी ने शहद दिया है। शहद की कटोरी में गर्म-गर्म रोटी डुबोकर खाने में मुन्नी को बहुत मजा आया है।

रात में बिस्तर पर मुन्नी के बग़ल में गुल्लू मासी सोती है। गुल्लू मासी ने खुसपुस-खुसपुस कर मुन्नी को बताया है कि मधुमक्खियाँ सामनेवाले पीपल के पेड़ पर साल में दो बार छत्ता लगाती हैं। देर तक मुन्नी मधुमक्खियों के बारे में सोचती रही कि कैसे मधुमक्खियाँ फूलों से पराग समेटकर लाती हैं और कैसे उससे इतना मीठा रस तैयार करती हैं। मुन्नी ने गुल्लू मासी की तरफ़ करवट लेकर आहिस्ते-से उसके कान में कहा है, "गुल्लू मासी! एक दिन हम दोनों रानी मक्खी को देखेंगे। कितनी सुन्दर होगी रानी मक्खी...!" पर मुन्नी ने पाया है कि गुल्लू मासी सो चुकी है। रानी मक्खी कैसी होती होगी, इसकी कल्पना करते हुए मुन्नी को भी नींद आ गई।

आषाढ़ का महीना ज्यों-ज्यों गहरा रहा है, वर्षा पूरे आँधी-तूफान के साथ रह-रहकर हुमक रही है। बागवानी की शौक़ीन उसकी सुमन मासी विकल हो रही है कि नाना ने क्वार्टर के सामनेवाले हिस्से में जो एक से एक गुलाब लगा रखा है, वह फिर चन्द दिनों में अत्यधिक वर्षा के कारण बूढ़ी गंडक नदी के बाँध के टूटने पर पानी में बर्बाद हो जाएगा और नाना दुखी-दुखी होकर रह जाएँगे। नाना के बाग़ में क़िस्म-क़िस्म के गुलाब के अलावा बेली, जूही, चमेली और रजनीगंधा से लेकर गेंदा

भी भरपूर है। सुमन मासी गुलाब-विशेषज्ञ है। नाना के बाग़ में गुलाब की सभी क़िस्मों के नाम वह जानती है। मसलन—लाल गुलाब क्रिमसन ग्लोरी, पीला गुलाब गोल्ड स्ट्राइक, गुलाबी रंग का सोनिया-गुलाब, हल्के गुलाबी रंग का गुलाब-प्रेमा और देल्ही प्रिंस। मज़ाक़ में बाक़ी मासियाँ सुमन मासी को 'गुलाबो' बुलाती हैं। हालाँकि, इससे सुमन मासी चिढ़ती नहीं है, उल्टे हँस देती है। पर गुलाब ही क्या, सुमन उर्फ़ गुलाबो मासी को बेली से लेकर गेंदा फूल तक का नस-नस पता है। जैसे कि बेली की कई क़िस्में-गुंडू मुल्लई और बोद्दू मुल्लई आदि। चमेली के पौधों में—पैची, जैती और पिची मुल्लई। गेंदा की तो पंडित है सुमन मासी, क्योंकि नाना बताते रहे हैं कि उनके विश्वविद्यालय में ही गेंदा की कई नई क़िस्में तैयार हुई हैं। मसलन-पूसा बसन्ती, पूसा नारंगी और इसके अलावा कलकतिया गेंदा, शिराकोल और लोकल। सुमन मासी को गेंदा फूल के रग-रग की जानकारी है। वह मुसककर अक्सर कहती है कि, "मेरा नाम सुमन है। इसलिए फूलों के बारे में मुझसे ज्यादा कौन जानेगा।"

रात से हाहाकार है क्योंकि मूसलाधार वर्षा से फिर बूढ़ी गंडक नदी का बाँध टूट गया है। यह बाँध नाना के क्वार्टर के बहुत पास है। सुबह सचमुच पूरा कैम्पस और आँगन पानी में उबडुब है। ख़ैर, बाढ़ के इस सालाना रस्म का कोई उपाय नहीं। बाढ़ का पानी कैम्पस में और आँगन में भर जाने से भले ही नाना-नानी समेत मासी लोग परेशान हैं। पर एक गुल्लू मासी है, जिसकी ख़ुशी का ठिकाना नहीं है। हाँ, उसका नटखट मामा भी बाढ़ का पानी देख कर चहक रहा है। नाना-नानी और बाक़ी मासियाँ घर का सामान सब ताबड़तोड़ ऊपर के रैक और चौकी पर रख रहे हैं और इधर गुल्लू मासी आँगन में तैरती मछलियों को देखकर मचल रही है। कुछ बड़ी मछलियाँ भी आँगन के पानी में आ गई हैं और छोटी मछलियाँ तो अजस्त्र हैं। गुल्लू मासी के लिए बाँध टूटने और बाढ़ का पानी आने का मतलब है जमकर 'मछली-भोज'। बाहर के बगीचे

का आँगन से भी बढ़-चढ़कर दृश्य है, जहाँ भाकुर, रोहू और नैनी आदि बड़ी मछलियाँ ऐसे तैर रही हैं, जैसे वे बूढ़ी गंडक के भीतर हों। छोटी मछलियाँ नाना के डूबे बगीचे के पौधों के इर्द-गिर्द अठखेली कर रही हैं। गुल्लू मासी आँगन से बरामदे तक चक्कर मार रही है। पोठिया, इचना से लेकर झींगा तक क्वार्टर के आँगन और बाहर बरामदे के नीचे मस्ती से खेल रहे हैं। इधर नाना और सुमन मासी जहाँ डूबे बगीचे को देख लगातार रुआँसे हो रहे हैं, वहीं गुल्लू मासी नानी की पुरानी साड़ी लेकर मुन्नी समेत आँगन में उतर गई है। साड़ी में मछलियाँ छानकर वह आँगन के बरामदे पर रखे बड़े टोकने में डाल रही है। रेहू, भाकुर और नैनी सरीखी बड़ी मछलियाँ इन बच्चों से नहीं सँभलेंगी, इसलिए घर के सामान को सुरक्षित जगह पर लगाकर छब्बी मासी भी साड़ी से मछली छानने में जुट गई हैं। गुल्लू मासी पानी में छपछप करते हुए यह कह कर खिलखिला रही है कि, "आज कुछ नहीं, हमलोग खाने में सिर्फ़ तली मछलियाँ खाएँगे।" और फिर रसोईघर में तली जा रही मछलियों के सुगन्ध से बाढ़ की इस विपदा में भी घर पुलकित हो रहा है। इतनी मछलियों के होते आज अब भात-रोटी कौन छुएगा!

आज बाढ़ का तीसरा दिन है। पानी कुछ घटा है। गुल्लू मासी को अन्दाज़ा है कि आज मछलियाँ कहाँ मिलेंगी। मुन्नी को साथ लेकर वह गुलाब के पौधों के पास घुटने भर पानी में मछलियों की जासूसी कर रही है।

"देखो मुन्नी," वह ज़ोर से चहक उठी है, "कितनी ढेर सारी मांगुर मछलियाँ गुलाब के पौधों से चिपकी हुई हैं।" गुल्लू मासी एक-एक कर उन मछलियों को पकड़-पकड़कर टोकने में डाल रही है। मुन्नी सावधानी से टोकना सँभाले गुल्लू मासी के साथ धीरे-धीरे बढ़ रही है। गुलाब की जड़ों से उसके ऊपर तक चढ़ी ये मांगुर मछलियाँ कितनी मासूम और सुन्दर लग रही हैं। मुन्नी लाड़ से कहती है, "ऐ गुल्लू मासी! इनमें से दो मछलियों को हम लोग एक शीशे के खाली बोइयाम में पानी भर कर

पालेंगे।" गुल्लू मासी को भी मुन्नी का यह प्रस्ताव अच्छा लगा है, "ठीक है। बरामदे पर चढ़कर हम दो सुन्दर मछलियाँ चुन लेंगे। एक खाली बोइयाम है स्टोर में।" गुल्लू मासी को योजना को अंजाम देने में देरी नहीं लगती है। इधर छब्बी मासी दो बार बरामदे पर आकर दोनों को डाँट गई हैं, "ऐ! पानी में मत रहो। देर तक पानी में रहने से सर्दी हो जाएगी।"

वर्षा और बाढ़ के इन दिनों में गुल्लू मासी और मुन्नी की चिन्ता और बढ़ जाती है कि ऐसे मौसम में साँझ देने के लिये कच्ची मिट्टी का उनका दीया कैसे सूखेगा? लगातार बारिश के बाद जिस दिन धूप निकलती है, गुल्लू मासी और मुन्नी झटपट आठ-दस मिट्टी के दीये बनाकर रख लेती हैं ताकि अगर आगे हफ़्ते भर भी वर्षा होती रहे, तो उनका मिट्टी का दीया तैयार रहे। वर्षा के इन दिनों में दीया सुखाने भर की परेशानी ही नहीं है। परेशानी का एक मोर्चा यह भी है कि घुटने भर पानी हेल कर हर हाल में 'पीर बाबा' के मज़ार पर शाम को दीया कैसे जलाया जाए! वह तो रक्षा है कि मज़ार थोड़ी ऊँचाई पर है और इसलिए वहाँ पानी नहीं घुसता है। साँझ का झुटपुटा घिरते ही गुल्लू और मुन्नी अपने फ्रॉक को भरसक ऊपर तक समेट दीया में तेल और बाती डालकर ज़िद्दम-ज़िद्दी मज़ार के लिए निकल पड़ती हैं। छब्बी मासी याकि नानी मज़ार जाने के नाम पर दोनों को डाँट कर रोक भी नहीं पाती हैं। वे समझती हैं कि इन दोनों को डाँटने पर 'पीर बाबा' सबके ऊपर कुपित हो जाएँगे। इस बाढ़-पानी में इन दोनों को देखकर मज़ार वाली दादी मीठी झिड़कियों के संग कहती है, "अरे पागल हो गई हो तुम दोनों? पानी के अन्दर साँप-बिच्छू घूमते रहते हैं। अगर काट लिया तो?" पर गुल्लू और मुन्नी के ऊपर मज़ारवाली दादी की डाँट का कोई असर नहीं है। कल नानी से ज़िद कर ये दोनों मज़ारवाली दादी के लिए भुनी हुई मछली और रोटी ले गई थीं। गुल्लू मासी ने नानी से कहा था, "सोचो न! इस बाढ़-पानी में वह मज़ार पर अपने लिए खाना कहाँ से लाती होगी।"

ख़ैर, वर्षा तो वर्षा! दीवाली की शाम में भी गुल्लू और मुन्नी मज़ार पर गए बिना नहीं मानती हैं। दीवाली की शाम जब नानी, नाना और मासियाँ घर में दीयों की सजावट कर रहे होते हैं, तो गुल्लू मासी और मुन्नी चुपके से छोटी-सी तश्तरी में कच्ची मिट्टी के चार दीये मज़ार पर जला आती हैं कि पीर बाबा यह न सोचें कि आज दीयोंवाली इस शाम को ही ये बच्चियाँ उन्हें भूल गईं। दीवाली की शाम दोनों को दीया जलाते देख मज़ारवाली दादी गदगद हो कहती है, "चल, आज तुम दोनों की वजह से पीर बाबा की भी दीवाली मन गई।"

अगली सुबह स्कूल जाने के पहले गुल्लू और मुन्नी दीवाली की रात बनी खीर और पूरियाँ लेकर मज़ारवाली दादी को पहुँचाकर ही चैन पाती हैं। सुबह-सुबह दोनों को खीर-पूरी के संग मज़ार पर हाज़िर देख मज़ारवाली दादी की आँखें भर आती हैं। छब्बी मासी की डाँट का डर रहता है, वरना गुल्लू और मुन्नी का वश चले, तो हर दिन मज़ारवाली दादी के लिए घर से खाने-पीने के लिए कुछ न कुछ पहुँचा ही आएँग। अनुकूल मौक़ा भाँपकर बीच-बीच में ये दोनों भरसक चूकती नहीं हैं।

नाना-नानी के घर में खाने-पीने का बड़ा शौक़ है। मांस-मछली हफ़्ते में दो दिन खाने में तय है। यह तीन दिन भी हो सकता है। नाना ने नानी से हमेशा के लिए कह रखा है कि, "चूड़ी बेचनेवाली और मछली बेचनेवाली घर पर आए, तो उससे कुछ जरूर खरीदो। इनको घर से यों लौटाना अशुभ होता है।" नाना की इस इच्छा को नानी पाबन्दी से निभाती हैं।

घर के सदस्यों का 'मछली-प्रेम' तो अपनी जगह पर है लेकिन नाना को पता है कि बच्चे मांस बहुत पसन्द करते हैं। इसलिए सप्ताह में एक दिन मटन आना तय है। सुबह जब नाना का चपरासी केवल घर का कुछ हाट-बाजार करने पहुँचता है और जब नानी उससे बोलती हैं, "दो किलो प्याज", तो सभी मासियों को पता चल जाता है कि आज मटन बननेवाला है। गुल्लू मासी थिरकते हुए तब कहती है, "मुन्नी! आज जरूर

मटन बनेगा। आज हम लोग गुड चांस देंगे।" 'गुड चांस' यानी जान से फाज़िल खाएँगे। सुबह से पूरा वातावरण 'मटनमय' हो जाता है। दिन में बेहिसाब भात के संग मटन और रात को गरम-गरम रोटियों के संग मटन का परमानन्द रहता है। जो मासी आम दिनों में तीन रोटी खाती है, वह मटन के संग दस-बारह रोटी खा जाती है। गुल्लू मासी आठ-नौ रोटी से कम नहीं। छुटकू मामा कम से कम चार रोटियाँ। और मुन्नी छह-सात रोटियों का रिकार्ड बनाती है। अद्‌भुत है कि इतनी ढेर सारी रोटियाँ सेंकते हुए नानी कभी नहीं झुँझलाती हैं। बच्चों के खाने-पीने के बाद नाना खाते हैं और सबसे अन्त में नानी। नाना का नियम है कि हरेक दिन खाने के बाद वे नानी के बनाये भोजन की खुले दिल से प्रशंसा करते हैं। वे बच्चों से भी कहते हैं कि अच्छे खाने की प्रशंसा ज़रूर करनी चाहिए। इससे बनानेवाले को सन्तोष होता है। ख़ुशी मिलती है। नाना अक्सर कहते हैं, "स्वाद नहीं, तो जीवन नहीं। भगवान को भी स्वाद चाहिए। इसलिए न उन्हें हमलोग रोज भोग लगाते हैं, प्रसाद चढ़ाते हैं।" ख़ैर, मुन्नी को इतनी बड़ी-बड़ी बातें समझ में नहीं आती हैं। शायद बड़ी होने पर आए।

5

बिना मुरादोंवाला दीया

पूसा इन दिनों वर्षा से दहो-बहो है। सारे खेत, बागान, पेड़-पौधे मगन हो भीग रहे हैं। प्रकृति की सारी सुन्दरता मुग्ध हो भीग रही है। बूढ़ी गंडक में जैसे मधुर प्रलय आया हुआ है। उसके तट से बँधी जंग लगी लोहे की नाव भी भीग-भीगकर ख़ुश है। सबका मन गगन मगन है। आकाश में छाते मेघों के कोमल धुँधलके को निहारती छब्बी मासी के मुख का उल्लास देखते ही बनता है। हवा के झकोरे जब आकाश में भरते मेघ के संग तेज़ होते हैं, तो छब्बी मासी बरामदे पर आ जाती हैं। इस क्षण में छब्बी मासी के चेहरे पर हमेशा मौज़ूद रहने वाला कड़ा अनुशासन भाव न जाने कहाँ लापता हो जाता है। मुन्नी दरवाज़े के पास दबे पाँव खड़ी हो अभी कान लगाकर सुन रही है। बरामदे पर अकेली मेघों को निरख रही छब्बी मासी तल्लीन हो गुनगुना रही हैं—

ओ वर्षा के पहले बादल,
मेरा सन्देशा ले जाना
अँसुवन की बूँदें बरसाकर
अलका नगरी में तुम जाकर
खबर मेरी पहुँचाना...।

यह क्या गा रही हैं छब्बी मासी! क्या बादल डाकिये की तरह सन्देश और चिट्ठी भी पहुँचाते हैं। और ये अलका नगरी भला कहाँ है, जहाँ छब्बी मासी सन्देश भेजना चाहती हैं! मुन्नी सोचती है कि गुल्लू मासी को ज़रूर यह सब बातें मालूम होंगी। छब्बी मासी अन्दर चली गई हैं। रसोई में नानी का हाथ बँटाने। नानी आज अरिकंचन के हरे कचोर पत्ते को बेसन में लपेटकर रसदार सब्जी पकाने की तैयारी में जुटी हैं। बड़े-बड़े पत्तोंवाले अरिकंचन को बहुत सलीके से बेसन में लपेटने के बाद टुकड़ों में काट कर बनाना होता है।

बहुत कोमल और नखरेबाज़ है—अरिकंचन का पत्ता। पहले इसके साबुत पत्ते को हल्की धूप में रखना होता है और फिर हल्दी, नमक, लहसुन और हरी मिर्च को बेसन में मिलाकर उसे गीला करने के बाद पत्तों को उसमे डुबोकर परत दर परत पत्ते को रख देना होता है। कुछ देर हवा लगाकर उसे सँभाल कर टुकड़ों में काटना होता है। इसके बाद उन टुकड़ों को नानी तलती है। तले जाने के बाद सरसों समेत मछली पकाने में उपयोग किए जानेवाले मसालों के संग नानी रस तैयार करती हैं। अब इसके बाद अरिकंचन के तले टुकड़े उसमें डाल देती हैं। अरिकंचन की सब्जी एकदम मछली जैसी लगती है। नाना को यह बहुत पसन्द है। घर के बाक़ी सभी सदस्यों को भी। वैसे तो रोज सुबह-शाम छब्बी मासी रसोई में नानी का हाथ बँटाती हैं। पर नानी जिस दिन अरिकंचन पकाती हैं, छब्बी मासी कंधे से कंधा मिलाकर उनके संग रसोई घर में जुटी रहती हैं। आम तौर से अरिकंचन की सब्जी नानी रविवार या किसी छुट्टी के दिन पकाती हैं।

शायद गुल्लू मासी इस प्रतीक्षा में ही थी कि छब्बी मासी कब बरामदे से अन्दर नानी के पास रसोई में जाएँ, क्योंकि छब्बी मासी के अन्दर जाते ही वह अपनी छतरी ताने बरामदे पर मुसकते हुए प्रकट हुई, "किस सोच मे फँसी हो?" मुन्नी की पीठ पर मीठी धौल जमाकर गुल्लू

मासी ने पूछा है।

"गुल्लू मासी! तुमको पता है कि छब्बी मासी कितना सुन्दर गाती हैं? अभी वह एक बहुत सुन्दर गीत गा रही थीं। पर यह समझ में नहीं आया कि वह बादल को सन्देशा ले जाने के लिये क्यों कह रही थीं? नाना की चिट्ठी पहुँचाने जो डाकिया अपने यहाँ आता है, क्या बादल भी उसी की तरह सन्देशा पहुँचानेवाला डाकिया है मासी?" मुन्नी के मुख और स्वर दोनों में हैरानी है।

"धत्त्...पागल हो तुम! बादल भला डाकिया क्यों होगा? तुमने कुछ गलत सुन लिया।" फिर एक निमिष रुककर गुल्लू मासी ने निर्णायक स्वर में कहा है, "बादल धोबी है। वह सबकुछ धोकर साफ कर देता है। अरे धोबी है बादल...समझी?"

"ओह अच्छा!" मुन्नी के दिमाग में जैसे यह बात अँट नहीं रही है। पर जैसे वह जबर्दस्ती इस बात को अपने दिल-दिमाग में अँटाने की कोशिश कर रही है। इस उहापोह और उलझन में ही उसने फिर पूछा है, "और यह अलकानगरी कहाँ है मासी? छब्बी मासी बादल से किसी अलका नगरी जाने की बात अपने गीत में कह रही थीं...।" मुन्नी फिर अटक-सी गई है।

"अरे बेवकूफ! बूढ़ी गंडक के उस पार अलका नगरी है...समझी। माँ कहती है, यह एक सुन्दर प्राचीन नगरी है।" गुल्लू मासी अपनी छोटी-सी काली छतरी लिये बरामदे के नीचे तेज़ बारिश में उतरते हुए बिहँस पड़ी है, "आज स्कूल में छुट्टी है, तो हम छतरी लगाकर वर्षा में घूमेंगे। तू भी अपना छाता ले आ।"

"नहीं, मैं तुम्हारे ही छाते में आ जाऊँगी।" पता नहीं क्यों मुन्नी को क्या ज़िद लग गई है। वह बरामदे से उछाल मारकर बरामदे के नीचे उतरी है और गुल्लू के छाते में उसके साथ चिपक गई है। वर्षा और तेज़ हो गई है।

"देखो मुन्नी, तुमने छब्बी दी' का 'वर्षा-गीत' सुना और वह तुम्हारे सिर के ऊपर से निकल गया। चलो वह तो ख़ैर मैंने तुम्हें उस गीत का माने समझा दिया। पर मेरे गीत को समझने में तुम्हें कोई दिक्कत नहीं होगी।" एक छतरी के नीचे मुन्नी के संग गुल्लू मासी अब क्वार्टर के बाहर ऐन सामने के पीपल पेड़ के नीचे आ गई है। पीपल पेड़ की लाखों पत्तियों से वर्षा की बूँदें टप-टप चू रही हैं और गुल्लू मासी किसी सनकी-पगलाए गवैये की तरह गला फाड़ सुर में है—

बारिश आई
छम, छम, छम!
लेकर छाता निकले हम,
पैर फिसल गया,
गिर गए हम!
ऊपर छाता, नीचे हम!

तेज़ हवा और वर्षा में छाता भी गुल्लू मासी के हाथ से छूटकर उड़ान भरने को आतुर है। अचानक छाते की सारी कमानियाँ यानी लोहे की पतली तीलियाँ तेज़ हवा से उलट गई हैं और पल भर में गुल्लू और मुन्नी जमकर भीग गई हैं। दोनों के भीगने से सख़्त नाराज़ छब्बी मासी ने जो भविष्यवाणी की थी, वह साँझ होते न होते सच हो गई है। मुन्नी को बुख़ार आ गया है। नाक से लगातार कफ मिश्रित पानी बहने लगा है। थर्मामीटर से मुन्नी का बुख़ार माप कर खीजते हुए छब्बी मासी ने कहा है, "एक सौ एक डिग्री। अब और वर्षा में भीगो।" छब्बी मासी ने दवा तो खिला ही दी है, लगातार पानी की पट्टी भी मुन्नी के माथे पर दे रही हैं। सरसों तेल में लहसुन पका कर पूरी मालिश भी कर चुकी है। गुल्लू मासी को भरपूर डाँट पड़ी है कि वर्षा में वही मुन्नी को उसका कर ले गई थी।

आज मुन्नी के बुख़ार का तीसरा दिन है। नाना-नानी भी चिन्तित हैं कि अगर बुख़ार लम्बा खिंचा, तो मुन्नी मियादी की चपेट में आ जाएगी। मियादी बुख़ार शरीर को तोड़ कर रख देता है।

मुन्नी को बुख़ार है, इसलिए बीते तीन दिनों से गुल्लू भी मज़ार पर दीया जलाने नहीं जा रही है। वैसे भी बुनछेक नहीं हो रहा है। गुल्लू अकेली जाए भी, तो कैसे! आज सुबह से वर्षा रोज़ की तरह टिपिर-टिपिर जारी है। इस झिरझिरी में अचानक मज़ारवाली दादी को घर पर पहुँचा देख गुल्लू के आश्चर्य का ठिकाना नहीं है। गुल्लू बरामदे पर दोपहर के इस समय आकाश में छाए बादलों को चुप निहार रही थी कि गेट से क्वार्टर के अन्दर आ रही मज़ारवाली दादी पर उसकी नज़र पड़ी।

"ओह दादी!" गुल्लू ज़ोर से चहक पड़ी है।

"तुम लोग तीन-चार दिनों से कहाँ हो? मुझे बहुत फिक्र हो गई कि कहाँ हैं हमारी प्यारी बच्चियाँ?" मज़ारवाली दादी ने धीरे-धीरे सीढ़ियों पर चढ़ते हुए कहा है।

"मुन्नी को तीन दिनों से बुखार है दादी।" कहते हुए गुल्लू ने नानी को आवाज़ दी है, "माँ देखो, मजार वाली दादी आई है।"

"आइए...।" नानी ने बहुत आदर भरे स्नेह से मज़ारवाली दादी की आगवानी की और उनके संग उस कमरे में आ गई है, जिसमें मुन्नी लेटी है।

"ओ माँ! तू बीमार पड़ गई है!" मज़ारवाली दादी ने गहरी साँस लेकर कहा है, "पीर बाबा तुझे रोज याद कर रहे हैं।" फिर देर तक कुछ बुदबुदाकर मुन्नी के शरीर पर हाथ फेरते हुए दुआ माँगकर वह बोली है, "तू जल्दी ठीक हो जाएगी। अभी जाकर पीर बाबा से कहूँगी कि मुन्नी को बुख़ार है और आपको कोई फिक्र नहीं?"

पता नहीं मज़ारवाली दादी की दुआ का क्या जादू हुआ है कि आज शाम से मुन्नी का बुख़ार उतरने लगा है। अगली सुबह फिर मज़ारवाली दादी मुन्नी की तबियत के बारे में जानने आई है। छब्बी मासी ने मुस्कराते

हुए कहा है, "आप मुन्नी को बहुत मानती हैं न।"

मज़ारवाली दादी ने भीनी हँसी के संग कहा है, "छब्बी! हाँ मानती हूँ इसे। यह अपने अब्बा-अम्मी से दूर है। इसलिए इसे कुछ ज्यादा ही प्यार चाहिये।" फिर एक निमिष थमकर कहा, "और मैं ही क्या...! पीर बाबा भी मुन्नी के लिए परेशान हो जाते हैं।"

मज़ारवाली दादी के लिए नानी चाय बनाकर ले आई हैं और कृतज्ञता से कहा है, "आपकी दुआ और पीर बाबा के आशीर्वाद से अब इसका बुख़ार उतर रहा है। मैं तो इसका बुखार न उतरते देख बुरी तरह परेशान हुई जा रही थी।"

"कल तक एकदम ठीक हो जाएगी हमारी बच्ची।" मज़ारवाली दादी ने मुन्नी के माथे को चूमते हुए कहा है और पास खड़ी गुल्लू को दुलार कर कहा है, "ठीक होते ही आना तुम दोनों। तुम दोनों कई दिनों से मजार पर आकर 'कित-कित' नहीं खेल रही हो, इससे पीरबाबा का भी दोपहरियों को दिल नहीं लग रहा है।"

वाक़ई, 'पीरबाबा' का परिसर गुल्लू और मुन्नी के लिए नीम दोपहरियों में खेल-कूद का एक नन्हा-मुन्ना मैदान ही है। मज़ार के चबूतरे पर लकीरें खींचकर 'कित-कित' खेलने का दोनों का नियमित सिलसिला है। दोपहर के गहरे सन्नाटे में भी दोनों को कोई डर-भय नहीं रहता क्योंकि 'पीर बाबा' जो सामने बैठे रहते हैं। गुल्लू और मुन्नी को हमेशा हज़ार हाथी का बल रहता है कि कोई अगर उन्हें यहाँ मज़ार पर खेलने के लिए डाँटेगा, तो 'पीर बाबा' ही उसे ज़ोर से डाँट देंगे। गुल्लू और मुन्नी मज़ार के बगल के चम्पा पेड़ से गिरे फूलों को लेकर अक्सर मज़ार को अनुराग से सजाती भी हैं। एक बार इन दोनों ने अपनी गुड़िया की शादी भी ऐसी ही दोपहरी में मज़ार को चम्पा फूलों से सज़ा कर की थी।

शुक्रवार को दोपहर से मज़ार पर काफ़ी भीड़ होती है। छोटा-मोटा मेला-सा लग जाया करता है। पूसा के आसपास के दर्जनों गाँवों के लोग

शुक्रवार को मज़ार पर मन्नत माँगने आते हैं। उस भारी भीड़ में भी जब गुल्लू और मुन्नी दीया जलाने पहुँचती हैं, तो मज़ारवाली दादी ट्रैफिक पुलिस की तरह तेज़ आवाज़ के साथ भीड़ को हटाते हुए दोनों के लिए रास्ता साफ़ करा देती है और कहती है, "ये सारे दीये जो आप लोग यहाँ जलाने आये हैं, मन्नतों और मुरादों के दीये हैं। पर इन बच्चियों का दीया बिना मुरादोंवाला दीया है। खुदा का सबसे पाक दीया। ये यहाँ हर रोज दीये जलाने आती हैं। कितने भी आँधी-तूफान में।" मज़ारवाली दादी की इस बात से सबकी निगाहें उन दोनों पर टिक जाती हैं। पल भर में मज़ारवाली दादी दोनों को उस भरी भीड़ में 'वी.आई.पी.' बना देती है। ऐसे में मारे गर्व और ख़ुशी के गुल्लू और मुन्नी गहरी-गहरी साँसें लेने लगती हैं।

6

गुलाब जामुन

यह अगस्त का पहला सप्ताह है। नानी आज गाँव जा रही हैं। गाँव की खेती का हाल-चाल लेने। गाँव में खेती के लिए मटुक मिश्र को नाना ने सिपाही तैनात कर रखा है। गुल्लू मासी ने मुन्नी को बताया है कि मटुक मिश्र गाँव में नाना के खेतों में धान की रोपनी अब तक करा चुके होंगे। पर उसे एक बार अपने से देखना ज़रूरी होता है। इसलिए नानी गाँव जा रही हैं। अक्सर नानी कहती रहती हैं कि नाना के वेतन से बेटियों की शादी भला कहाँ से होगी! इसके लिये खेती और अन्न-उपजा का ही सहारा है। नाना खेती-बारी के ही प्रोफ़ेसर हैं। वे भी कहते हैं कि धरती माता दोनों हाथों से देने को तैयार हैं। अब आप पर निर्भर है कि आप ले पाते हैं या नहीं। यहाँ क्वार्टर के कैम्पस में भी नाना पूरी मुस्तैदी से धान और गेहूँ की खेती करवाते हैं। मौसमी सब्जियाँ अलग। कैम्पस बहुत बड़ा है। घर के सदस्यों के खाने के लिए कैम्पस ही अन्न्न और सब्ज़ियाँ दे देता है। नाना को अपनी नौकरी से ज़्यादा छुट्टी नहीं मिल सकती है, इसलिए गाँव के पुश्तैनी खेतों की उपज का हाल-चाल लेने नानी ही बीच-बीच में गाँव जाती हैं। नानी कहती हैं कि वह गाँव से कब लौटेंगी, इसकी ख़बर वह पोस्टकार्ड लिखकर दे देंगी।

गुल्लू मासी और मुन्नी के स्कूल के पास एक बहुत पुरानी लाल इमारत है। इसमें बैंक चलता है। सभी मासी लोग इस इमारत को 'लाल ऑफ़िस' कहती हैं। नानी जिस बस से गाँव जाती हैं, संयोग से उसका भी रंग लाल है और वह बस 'लाल ऑफ़िस' के पास से ही खुलती है। आज रविवार है और नानी गाँव के लिए बस पकड़ने जा रही हैं, तो नाना का चपरासी केवल बस में नानी को चढ़ाने उनका बक्सा लेकर जा रहा है। नानी के संग गुल्लू मासी आदतन दुम की तरह चिपक गई है और ज़ाहिर है कि गुल्लू मासी की दुम मुन्नी भी। नानी को जाते देख छुटकू मामा ज़ार-ज़ार रो रहा है, जिसको छब्बी मासी मज़बूती से अपनी गोदी में क़ैद किए हुई हैं। छब्बी मासी को पता है कि जभी वह मामा को गोद से उतारेंगी कि मामा दौड़ कर नानी से लटक जाएगा और गला फाड़-फाड़कर रोएगा। इसलिए छब्बी मासी बरामदे से नानी के ओझल होने का इन्तज़ार कर रही हैं।

केवल ने नानी को बस में खिड़की की सीट के पास बिठा दिया है और बक्सा उनकी सीट के नीचे रख दिया है। नानी के घर से निकलने के पहले गुल्लू मासी ने पान की शौक़ीन नानी की पनबट्टी से दो पान-सुपाड़ी और ज़र्दा की डिब्बी से थोड़ा ज़र्दा निकाल मुट्ठी में बाँध लिया है। यह पान लाल बस के बुज़ुर्ग ड्राइवर बाबा के लिए है। गुल्लू मासी अच्छी तरह मस्काबाज़ी जानती है। महीने में तीन-चार बार नानी की पनबट्टी से पान लेकर वह लाल बस के ड्राइवर बाबा को जाकर दे देती है। गुल्लू मासी को अन्दाज़ है कि वे पान के शौक़ीन हैं। गुल्लू मासी के इस 'पान-प्रबंध' का फ़ायदा यह है कि ड्राइवर बाबा जब लौटते हैं, तो सभी सवारियों को बस से उतारने के बाद गुल्लू और मुन्नी को महीने में एकाध बार बस में बिठाकर पास के खाली मैदान में दो चक्कर लगाकर घुमा देते हैं। इसलिए बस का खलासी भी गुल्लू मासी और मुन्नी को पहचानता है। अभी जब ड्राइवर बाबा अपनी सीट पर चढ़ रहे थे, तो

गुल्लू मासी ने उन्हें पान देते हुए कहा, "बाबा! मेरी माँ जा रही है।" तब ड्राइवर बाबा ने मुस्कराकर खिड़की किनारे बैठी नानी की तरफ़ देखा और कहा, "अपनी प्यारी गुल्लू बेटी की माँ को भला नहीं पहचानेंगे! तुम लोग निश्चिन्त होकर जाओ। माँजी को आराम से गाँव पहुँचा देंगे।" नानी की बस अब खुल गई है। गुल्लू मासी ने चैन की गहरी साँस ली है। गुल्लू मासी के शान-मान की गवाही है मुन्नी। ऐसे में अपनी लोकप्रियता को लेकर गहरी ज़िम्मेदार साँस लेती गुल्लू मासी का गर्व भला कैसे छिप सकता है। वाक़ई, मुन्नी की गुल्लू मासी एक 'बच्चा-दादा' है।

बस खुलने के बाद निशृंचित हो गुल्लू मासी ने चारों तरफ़ नज़रें दौड़ाई हैं। उसे अन्दाज़ा है कि यहाँ अब थोड़ी देर में पेड़ावाला बूढ़ा आएगा। सोलह किलोवाला तेल का टिन, जो नानी घर के लिए महीने में एक बार मँगवाती हैं, उसी तरह के टिन में पेड़ा वाला पेड़ा भर कर लाता है। क्या ग़ज़ब पेड़ा होता है उसका। मुँह में डालते ही मन मस्त हो जाता है। पाँच रुपये में छोटा पेड़ा और दस रुपये में बड़ा पेड़ा। आम तौर से गुल्लू मासी और मुन्नी पाँच रुपये वाला एक-एक पेड़ा ख़रीदती हैं। नाना से पेड़ा के लिए बीच-बीच में गुल्लू मासी पैसे ले लेती है। नाना मुस्कराकर मुन्नी और गुल्लू मासी की मुट्ठी में पैसे थमा देते हैं। आज नानी ने बस में बैठने के पहले नीचे खड़ी गुल्लू और मुन्नी को दस-दस रुपये दिए हैं। ये दोनों दस-दस के नोट पेड़ावाले के इन्तज़ार में लाल ऑफ़िस के पास खड़ी गुल्लू और मुन्नी की मुट्ठी में अकुला रहे हैं।

अब पेड़ावाले बुढ़ऊ आ गए हैं। ये हमेशा सफ़ेद धोती, कोकटी रंग का बादामी-सा दीखनेवाला कुर्ता और गले में सफ़ेद गमछा में रहते हैं। घनी सफ़ेद मूँछों वाले बुढ़ऊ जब पेड़ा के इन्तज़ार में उकसुक करते बच्चों को देखते हैं, तो मनोहर हँसी हँसते हैं। मुन्नी को तब लगता है कि बुढ़ऊ की हँसी में भी पेड़ा भरा है। गुल्लू मासी ने मुन्नी को हिसाब लगाकर बताया है कि बजाय दस-दस रुपये का दो बड़ा-बड़ा पेड़ा लेने

के पाँच रुपये वाला तीन पेड़ा लिया जाए। डेढ़-डेढ़ पेड़ा दोनों आपस में बाँट लेंगे और बचे पाँच रुपये का चनाचूर ख़रीदेंगे। मुन्नी को गुल्लू मासी का यह गणित जँचा है। तीन पेड़ा ख़रीदकर दोनों आगे बढ़ गए हैं। डेढ़-डेढ़ पेड़े में से पहले दोनों ने आधा-आधा टुकड़ा मुँह में डाला है और आनन्द से मुख में रस घोलते हुए चनाचूरवाले के आगमन की प्रतीक्षा करने लगे हैं।

चनाचूरवाला आ गया है। मुन्नी को चनाचूर खाने से भी अच्छा लगता है चनाचूर का क़ाग़ज का तिकोना लम्बा पैकेट और चनाचूर वाले का मस्त गाना..."मेरा चना बना है आला...जिसमें डाला गरम मसाला... इसको खाएगा दिलवाला...चनाजोर गरम...।" गुल्लू और मुन्नी को देखकर चनाचूरवाला यह भी मुसकते हुए जोड़ देता है..."मेरा चना खा गई मुन्नी...चना जोर गरम...! मेरा चना है गुल्लू मासी का! है अपनी मन मरजी का...! चनाजोर गरम...।"

चनाचूरवाले के जाने के बाद गुल्लू मासी की आँखें नये सिरे से चमक उठी हैं, 'ऐ मुन्नी! चलो, 'लाल कोठी' चलते हैं।

पूसा को लाल रंग का बहुत ख़र्च है। मसलन, 'लाल ऑफ़िस'—जहाँ से बस खुलती है। 'लाल आफ़िस' में पूसा का बैंक भी है, जिसमें रुपया रखा रहता है। पर एक सुन्दर और बड़ी-सी 'लाल कोठी' भी यहाँ है। नाना के क्वार्टर से बीस-पच्चीस क़दम दूर। पूसा की बड़ी कोठियों में यह पाँच नम्बरवाली कोठी है। 'लाल कोठी' के अलावा इसका एक नाम 'पाँच नम्बर कोठी' भी है। बाहर से जब यूनिवर्सिटि के मेहमान आते हैं, तो उन्हें इसी 'लाल कोठी' में ठहराया जाता है। मुन्नी ने फ्रिज पहली बार यहीं देखी। गुल्लू मासी एक बार उसे 'लाल कोठी' ले गई, तो फ्रिज दिखाते हुए उससे कहा, "मुन्नी! इस मशीन मे बरफ बनती है।" गुल्लू मासी ने 'लाल कोठी' के केयर टेकर से मिन्नत की, तो उसने फ्रिज खोलकर ट्रे से बर्फ़ के कई टुकड़े दोनों के हाथों में थमा दिए। अब जब कभी दोनों

वहाँ पहुँचते हैं, तो केयर टेकर मुसकते हुए बड़े अनुराग से दोनों के हाथों में फ्रिज से बर्फ़ के टुकड़े निकालकर थमा देता है।

स्कूल गेट पर यों मलाई बरफ़वाला हर रोज़ आता है। ठंडे बक्से से मलाई बरफ़ निकालकर देता है। पर मुन्नी को तब उतना अचरज नहीं होता, जितना फ्रिज से निकले बर्फ़ के छोटे-छोटे टुकड़े पा कर। एकदम से 'खाना-खजाना' ही तो है—फ्रिज। आम के मौसम में उसके अन्दर करीने से सजे आम। पाँव रोटी के पैकेट! मिठाइयाँ...और क्या...क्या नहीं। फ्रिज के पल्ले के खाँचे में ठंडा होने के लिए क़तार से सजे रखे पानी के बोतल। फ्रिज के सबसे नीचे एक बक्सानुमा जगह में कई दिनों तक हरी-ताज़ी रहने के लिए हरी सब्जियाँ। मुन्नी कभी-कभी सोचती है कि जादुई फ्रिज काश नाना के पास भी होता। बहाहाल, मुन्नी कभी भी गुल्लू मासी के किसी भी प्रस्ताव को मना नहीं करती है। लिहाज़ा, गुल्लू मासी के साथ चहकते हुए 'लाल कोठी' की तरफ़ वह बढ़ गई है।

नानी को गाँव गए लगभग बीस दिन हो गए हैं। इधर दो दिन पहले नानी का लिखा एक नीला अन्तर्देशीय पत्र नाना के नाम आया है। पत्र में नानी ने तारीख़ लिखी है कि 30 अगस्त को वह पूसा आ रही है। आज वही 30 अगस्त है। नानी की अगवानी के लिए गुल्लू मासी रात से ही मचल रही है। उसने मुन्नी से कहा है कि गाँव से आनेवाली लम्बी लाल बस अहले सुबह आती है, इसलिए जल्दी से उठ जाना है। जैसा कि हर बार होता है नाना का चपरासी केवल नानी के आने के दिन सुबह-सुबह क्वार्टर पर आता है और नाना से मिलकर वह नानी को लाने 'लाल ऑफ़िस' चल देता है। गुल्लू मासी ने रात को ही मुन्नी को यह बताकर सचेत कर रखा है कि केवल की आहट के साथ निकलने के लिए तैयार हो जाना है। केवल ने अभी आकर नाना से कहा है कि वह 'लाल ऑफ़िस' जा रहा है। बस गेट पर इन्तज़ार कर रही गुल्लू मासी और मुन्नी केवल के पीछे-पीछे चल पड़ी हैं। केवल जानता है कि गुल्लू कितनी पागल

ज़िद्दी है। इसलिए वह उसे जाने से कभी मना नहीं करता। केवल समेत गुल्लू मासी और मुन्नी 'लाल ऑफ़िस' के पास नीम पेड़ की घनी छाँव के नीचे पलकें बिछाए खड़े हैं। कई रंग-बिरंगी बसें इस आधे-पौन घंटे में यहाँ से होकर गुज़र गई हैं। पर नानी के बस का दमकता सुर्ख़ लाल रंग केवल समेत गुल्लू मासी को पता है, जिसकी अभी तक कोई आहट नहीं है। गुल्लू को इस देरी से खीज हो रही है। अब आँख मूँद कर वह हनुमानजी की प्रार्थना में जुटी है कि बस जल्दी से आ जाए। और ये क्या...! हनुमानजी भी कमाल के ही हैं। एकदम से जादू बाबू! ये सामने अब दूर से ही लगातार हॉर्न बजाती नानी की लाल बस आती दिख रही है। बस दिखते ही गुल्लू मासी एकदम-से लट्टू की तरह नाच गई है। बस का खलासी ज़ोर-ज़ोर से 'पूसा...पूसा...लाल ऑफ़िस...लाल ऑफ़िस' चिल्ला रहा है...!

"उतरिए पूसा...पूसा...।" खलासी आदतन जारी है। गुल्लू मासी ने ग़ौर किया है कि जिस दिन नानी आनेवाली होती है, वह कुछ ज़्यादा ही गला फाड़कर 'पूसा...पूसा...' चिल्लाता है। वह कहता है कि खलासी की नौकरी ही चिल्लाने तथा गेट बन्द और खोलने के लिए होती है। नानी जब गाँव से लौटती है, तो डिक्की में उसके बहुत-से सामान होते हैं। मसलन नानी के बक्से के अलावा कुछ बोरे-बोरियाँ। एक बड़ा-सा बास्केट हाथ में लिए नानी बस से उतरती हैं। खलासी जल्दी-जल्दी नानी का सारा सामान डिक्की से निकालता है। केवल के सिर पर वह अनाज से भरा बोरा सँभालकर रखता है। फिर उसके हाथ में नानी का बक्सा थमाता है। हर बार नानी ख़ुश होकर खलासी के हाथ में दस रुपये थमा देती हैं। इस बीच नानी के बास्केट में सबसे ऊपर रखे पनडिब्बे से फटाफट दो पान, सुपाड़ी और जर्दा निकाल गुल्लू मासी नीचे से ही ड्राइवर बाबा को बढ़ा आती है। मुस्कराकर अपनी सीट से ड्राइवर बाबा पान ले लेते हैं। फिर बस हॉर्न देते बढ़ जाती है। गुल्लू मासी नानी के

हाथ से बास्केट लेने की कोशिश करती है। पर नानी हँसकर मना देती है, "तुमसे नहीं सँभलेगा गुल्लू।"

नानी को पता है कि गुल्लू बास्केट के लिए क्यों इतनी तत्पर है। दरअसल, नानी जब भी गाँव से आती हैं, तो गाँव के नामी हलवाई बिहारी साव का बड़ा-बड़ा गुलाब जामुन एक बड़े-से डिब्बे में लाती हैं। उफ़! क्या मस्त गुलाब जामुन! एक गुलाब जामुन खाने के बाद जैसे पेट भर जाता है।

अपने गाँव के बिहारी साव के गुलाब जामुन पर नाना भी फ़िदा रहते हैं। बिहारी साव के गुलाब जामुन को रात के भोजन के बाद नानी एक प्लेट में चम्मच सहित नाना को प्रस्तुत करती हैं। नाना खाते-पीते और बोलते-बतियाते भी कुछ न कुछ ज्ञान की बातें बताते रहते हैं। मसलन पानी के जहाज पर बैठकर वे इंग्लैंड कैसे पहुँचे और वहाँ कैसे रहे, इसकी भी कहानी वे बहुत रस लेकर बताते हैं। अभी रात का भोजन करने के बाद नाना बिहारी साव का गुलाब जामुन खाते हुए मासी लोगों को बता रहे हैं कि कैसे तेरहवीं सदी में ईरान में गुलाब जामुन मिठाई का जन्म हुआ। नाना बता रहे हैं कि ईरान देश के लोग मैदे की गोलियों को घी में लाल-लाल तलकर उसे शहद या चीनी की चाशनी में डूबो देते थे। वे लोग इस मिठाई को 'लुक्मत अल क़ादी' कहते थे। अपने देश में इसी तर्ज़ पर बनी मिठाई का नाम पड़ा-गुलाब जामुन। हिन्दुस्तान के बादशाह शाहजहाँ को यह मिठाई बहुत पसन्द थी। एक पल थम फिर बिहारी साव के गुलाब जामुन को चम्मच से काटकर मुँह में ले नाना जारी हैं, "अपने देश में सन् 1850 के दिनों में कलकत्ता के एक हलवाई भीमचन्द्र नाग के हाथों के बने गुलाब जामुन पर तबके गवर्नर जनरल लॉर्ड चार्ल्स कैनिंग और उनकी पत्नी लेडी कैनिंग जान छिड़कते थे।" नाना की बहुत-सी बातें गुल्लू और मुन्नी के पल्ले नहीं पड़ती हैं। जैसे उन्हें समझ में नहीं आता है कि यह तेरहवीं सदी क्या होती है, ईरान का मतलब क्या है।

लॉर्ड और लेडी कैनिंग क्या किसी बिल्ले-बिल्ली का नाम है! फिर भी दोनों नाना की बातों को ग़ौर से सुनती हैं। बाक़ी मासियों के हाव-भाव से लगता है कि उन्हें नाना की सारी बातें समझ में आती हैं। ख़ैर, नाना ने प्लेट का गुलाब जामुन ख़त्म कर कहा है, "अरे एक बार की बात है, मैं यूनिवर्सिटि के काम से उत्तर प्रदेश के लखीमपुर खीरी गया था। लखनऊ से लगभग डेढ़ सौ किलोमीटर आगे 'मैगलगंज' नाम की एक जगह है। वहाँ अचानक ड्राइवर ने गाड़ी रोक दी और कहा—'सर! यह मैगलगंज है। यहाँ का गुलाब जामुन खाये बगैर कोई आगे नहीं बढ़ता।' मेरे नाक में भी मीठी ख़ुशबू अचानक भरने लगी थी। ओह! क्या गजब का गुलाब जामुन। मजा आ गया उस दिन। पर एक बात कहूँ?" नाना ने विभोर आनंद से आँखें झपकायी हैं, "बहुत जगह के गुलाब जामुन खाये। पर अपने गाँव के बिहारी साव के गुलाब जामुन का कोई तोड़ नहीं।"

नाना की 'गुलाब जामुन-कथा' के बाद सब सोने गए हैं। बिस्तर पर लेटने के बाद स्वप्न में खोई गुल्लू मासी ने आहिस्ते-से मुन्नी के कान में कहा है, "ऐ मुन्नी! बड़ी होने पर हम दोनों गुलाब जामुन की दुकान खोलेंगे और बिहारी साव से भी अच्छा गुलाब जामुन बनाएँगे।" मुन्नी ने ख़ुश होकर सहमति में आँखें झपका दी हैं।

7

धान-मक्का और मासियाँ

बूढ़ी गंडक लबालब भरी है। उसके पास का बाँध कोमल नई घास और नन्हे-नन्हे जंगली फूलों से झलमल कर रहा है। नाना के क्वार्टर के सामने वाला झंखाड़ पीपल वृक्ष सुबह की मन्द-मन्द बहती हवा में पुलकित झूम रहा है। क्वार्टर के सामने पीपल के चारों तरफ़ जो हरी घास का गलीचा बिछा है, उस पर रात भर गिरी ओस मोतियों की तरह झिलमिला रही है। यह कार्तिक मास है। अंग्रेज़ी का नवम्बर महीना। गुल्लू मासी और मुन्नी इन दिनों बेवज़ह भी ख़ुशी की थपक में रहती हैं। यह कार्तिक मास का कमाल है। घर में चर्चा है कि छब्बी मासी की शादी ठीक हो गई है। पूसा के खेत धान से लहरा रहे हैं। नाना के क्वार्टर के कैम्पस में एक तरफ़ धान और दूसरी तरफ़ मक्के की हुई खेती लाजवाब है। मासी लोगों से ही मुन्नी ने सुना है कि ख़रीफ़ की फ़सलों में धान, मक्का, मूँग, मूँगफली और गन्ना प्रमुख हैं। नाना ने मासियों को बताया हुआ है कि धान व मक्का आदि की खेती के लिए क्योंकि अधिक गर्मी और नमी की ज़रूरत होती है, इसलिए इनकी बुआई जून-जुलाई महीने में होती है। ख़रीफ़ फसलें नवम्बर अन्त तक तैयार हो जाती हैं और तब इनकी कटनी शुरू होती है। गुल्लू मासी ने बड़े यक़ीन से मुन्नी को बताया है

कि नवम्बर अन्त तक क्वार्टर के कैम्पस में लगे धान और मक्के की कटनी पूरी हो जाएगी। और इसके तुरंत बाद रबी की फ़सल यानी गेहूँ, चना, मटर की बुआई शुरू होगी। खरीफ़ और रबी की इन फ़सलों की बिक्री से जो पैसा आएगा, उससे छब्बी मासी की शादी होगी। सच में, फ़सल से इतना पैसा आएगा! मुन्नी अचरज में पड़ जाती है। गुल्लू मासी तब ठिलठिलाकर उससे कहती है, "तुम देख लेना...। इस बार से अब हर साल जब-जब अपने कैम्पस का धान और मक्का कटेगा, एक मासी की शादी की तैयारी शुरू हो जाएगी। और आखिरकार इसके अगले साल फरवरी-मार्च में गेहूँ, आलू, चना और मटर यानी रबी फसल की कटनी होते ही शादी की तैयारी लगभग पूरी हो जाएगी।"

मुन्नी देर तक सोच में पड़ी रहती है कि क्या धान-मक्का और इसके बाद गेहूँ-चना की कटनी के बाद यहाँ से हर साल एक-एक मासी शादी के बाद विदा होती जाएगी! मुन्नी को धान-मक्का और गेहूँ-चना पर बहुत ग़ुस्सा आता है। इनके आने का मतलब अगर मासियों का जाना होगा, तो ये आएँग ही क्यों! पर गुल्लू मासी बताती है कि बेटियों की शादी को लेकर नाना-नानी दोनों बहुत चिन्तित रहते हैं। नानी बीच-बीच में गाँव इसलिए जाती हैं क्योंकि वहाँ की खेती-पत्ती देख सकें। उससे भी जो पैसा आएगा, वह मासियों की शादी के काम आएगा। हालाँकि, मुन्नी के पिताजी भी खेती-पत्ती से जुड़े हैं लेकिन मुन्नी को खेती की बात कुछ भी समझ में नहीं आती है। मासी लोगों से भी सुनी ख़रीफ़ और रबी की बातें कुछ उसके पल्ले नहीं पड़ती हैं। पर वह याद करने की कोशिश करती है कि लाल ऑफ़िस के पास लगनेवाली लाल बस में नानी तभी गाँव गई थीं, जब पूसा के अपने क्वार्टर के खेत में धान-मकई की उन्होंने रोपनी करा ली थी। इसके बाद ही वे गाँव की 'धन-रोपनी' का जायज़ा लेने गाँव गई थीं।

यह नवम्बर अन्त है। कैम्पस में लगे धान और मक्का की कटनी

हो चुकी है। धान की मड़ाई के बाद धान के पुआल का टाल एक सिर्फ़ नाना के क्वार्टर के कैम्पस में ही नहीं, पूरे पूसा में कई किसानों के घर के पास लगा है। पुआल का गोल घर! सुनहरा गुम्बद! गुल्लू मासी के साथ नीम दोपहरियों में घंटों पुआल के टाल पर कूद कर मुन्नी को मज़ा आ जाता है। पर शाम होते न होते गुल्लू मासी और मुन्नी का पूरा शरीर घंटों पुआल से रगड़ के कारण चुलचुलाने लगता है। छब्बी मासी दोनों के कान उमेठकर कहती हैं, "तुम दोनों न बैंगन के पौधे में रस्सी बाँध कर फाँसी लगा लो। देखती हूँ कल से जो पुआल के टाल पर कूदी तो।" छब्बी मासी दोनों के हाथ-पाँव में सरसों का तेल हसोथते हुए कहती हैं। छोटी ग़लतियों पर छब्बी मासी बजाय थप्पड़ लगाने के कान उमेठ कर काम चलाती हैं। एक दिन क्वार्टर के सामने से एक महावत हाथी लेकर जब गुज़र रहा था, तो हँसते हुए छब्बी मासी ने गुल्लू मासी और मुन्नी से कहा, "देख रही हो न हाथी का कान! बदमाशी करोगी, तो तुम दोनों के कान खींच-खींचकर हाथी के कान जैसा बना दूँगी। फिर घूमती रहना अपने छोटे चेहरे पर हाथी-सा कान झुलाते हुए।" छब्बी मासी शादी के बाद जल्दी ही ससुराल चली जाएँगी—मुन्नी का दिल यह सोचकर ही डूबने लगता है। छब्बी मासी जब कान उमेठकर थप्पड़ लगाती हैं, तब भी मुन्नी और गुल्लू को बुरा नहीं लगता है। मुन्नी को विश्वास है कि कहने को छब्बी मासी जो कह लें; लेकिन गुल्लू मासी और उसका कान वह कभी नहीं इतना खींचेंगी कि वह हाथी के कान जैसा झालर बन जाए। बाक़ी मासियाँ भी हैं लेकिन छब्बी मासी, छब्बी मासी हैं। वही तो एक हैं, जो इतना प्यार करती हैं।

नानी ने क्वार्टर कैम्पस की ज़मीन के एक बड़े हिस्से में मिट्टी पलटनेवाले हल से एक गहरी जुताई करवाकर सिंचाई करवा दी है और गेहूँ के बीज का छिड़काव करवा दिया है। दूसरे हिस्से में सलीक़े से क्यारियाँ तैयार करवा कर आलू का कंद भी लगवा दिया है। अच्छे कंद

लगाए जाएँ, इसके लिये नानी क्यारी-क्यारी में मुस्तैद रही हैं। पूसा के कृषि विश्वविद्यालय के फ़ार्म में आलू के नाना क़िस्म के कंद उपलब्ध हैं। मुन्नी को आलू के कंद का मामला कुछ भी दिमाग़ में नहीं घुसा, जब आलू लगाने के पहले उसने नानी से नाना को यह पूछते हुए सुना कि, "कौन कंद? राजेन्द्र आलू, कुफरी चन्द्रमुखी, कुफरी अशोक, कुफरी बादशाह, कुफरी सिंदूरी, कुफरी ज्योति या कुफरी अरुण?" नानी ने मुसककर कहा कि, "बेकार में हर बार यह लिस्ट आप सुनाते हैं। आपको पता है कि बच्चे 'राजेन्द्र आलू' ही पसन्द करते हैं।" गुल्लू मासी ने यों मुन्नी को विशेष जानकारी दी है कि मुन्नी के यहाँ आने के पहले नानी ने एक साल 'कुफरी सिंदूरी आलू' की खेती करवाई थी। पर वह किसी ने पसन्द नहीं किया था। तब से आँख मूँदकर 'राजेन्द्र आलू' ही लगता है।

गेहूँ की बुआई और आलू की क्यारियाँ जब तैयार हो गईं, तो कल गुल्लू मासी ने घोषणा की कि बस दो-तीन दिन में ही नानी गाँव के लिये कूच कर जाएँगी। गाँव में धान की फसल की बिक्री करने और वहाँ गेहूँ और आलू की बुआई कराने। मासी लोग ठिलठिलाते हुए नानी से ऐसे मौक़ों पर कहती हैं, "माँ! बाबूजी यूनिवर्सिटि में भले खेती के बारे में पढ़ाते हैं लेकिन खेत में उतर कर किसानी आप ही करती हैं।" मासियों की बात पर पान के कत्थे-चूने से सने नानी के कत्थई दाँत बरबस हँसी में खिल जाते हैं।

नानी गाँव गई हैं। लौटेंगी, तो बिहारी साव का गुलाब्र जामुन फिर लेकर आएँगी। गुल्लू मासी ने अनुमान लगाकर मुन्नी को बताया है कि गाँव में नानी को एक महीना लग ही जाएगा। नानी दिसम्बर के अन्त तक ही आ सकेंगी। नानी जब घर में रहती हैं, तो मासियों के बीच घिरी नानी को लेकर सामान्य-सा ही लगता है लेकिन नानी जब गाँव चली जाती हैं, तब नानी के होने का मतलब समझ में आता है। मुन्नी सोचती है कि यह पूरा घर, नानी के प्यार की गोद में बैठा घर है। नानी के गाँव

जाने से पूरा घर तोड़ी हुई डाली की पत्तियों के समान मुरझा जाता है। नाना भी चुपचाप साइकिल से यूनिवर्सिटि चले जाते हैं और मासियों की चहक भी अनायास सिमट-सी जाती है। छुटकू मामा तो घर में अनाथ-सा डोलता रहता है। बेवज़ह भी रोने लगता है।

रात को ही नाना ने मासियों से कह दिया है कि कल 3 दिसम्बर है। 'डॉ. राजेन्द्र प्रसाद कृषि विश्वविद्यालय' का स्थापना दिवस। मासी लोग रात से ही चर्चा कर रही हैं कि कल 'देशरत्न' डॉ. राजेन्द्र प्रसाद का जन्म दिन है। उनके जन्म दिवस के अवसर पर ही पूसा में कृषि विश्वविद्यालय की स्थापना हुई थी। ये सारी बातें मुन्नी के सिर से ऊपर निकल गई हैं। 'देशरत्न'...'राष्ट्रपति' आदि क्या मामला है, उसे कुछ पल्ले नहीं पड़ता। हाँ, रात में ही उसे इतना अन्दाज़ा लग गया है कि सभी मासियों के संग वह भी सुन्दर फ्रॉक पहनकर कल यूनिवर्सिटि जाएगी। नानी नहीं हैं, इसलिए छब्बी मासी ने बाक़ी मासियों को रात में ही बता दिया है कि सब मिलकर जल्दी-जल्दी सवेरे ही घर का चूल्हा-चौका और काम-धाम निबटा लेंगी ताकि समय पर सब यूनिवर्सिटि के समारोह में चल सकें। नाना ने मासियों का बता दिया है कि उनका चपरासी केवल सबको आकर ले जाएगा।

सजी-धजी यूनिवर्सिटि को चकित हो मुन्नी निहार रही है। इतने बड़े कार्यक्रम में वह पहली बार आई है। छब्बी मासी ने उसे सुन्दर फ्रॉक पहनाया हुआ है, इस बात से भी उसका दिल बहुत ख़ुश है। उसके बग़ल में कुर्सी पर बैठी गुल्लू मासी भी अपने पसन्दीदा नीले फ्रॉक में इठलाई हुई है। आरम्भिक गीत और नृत्य के बाद एक बुज़ुर्ग सज्जन माइक पर बोलने के लिए आमंत्रित किए गए हैं। छब्बी मासी ने सभी मासियों को बताया है कि ये बुज़ुर्ग सज्जन यूनिवर्सिटी के वाइस चांसलर हैं। मुन्नी को समझ में नहीं आया है कि यह वाइस चांसलर आख़िर होता क्या है और ये सज्जन करते क्या हैं! पर गुल्लू मासी ने इतना ज़रूर उसके

कान में बताया है कि नाना इन्हीं के साथ काम करते हैं और यहाँ का सारा ताला-कुंजी इन्हीं के पास रहता है। ख़ैर, वाइस चांसलर साहब अब बोल रहे हैं, "आज हम सब विश्वविद्यालय के स्थापना दिवस पर यहाँ एकत्रित हैं। देश में कृषि विकास के लिए समर्पित पूसा स्थित इस कृषि विश्वविद्यालय की स्थापना बिहार सरकार द्वारा शिक्षा आयोग की अनुशंसा पर भारत के प्रथम राष्ट्रपति देशरत्न डॉ. राजेन्द्र प्रसाद के नाम पर आज ही के दिन की गई थी।"

एक पल थमकर वाइस चांसलर फिर माइक पर जारी हैं, "इस कृषि विश्वविद्यालय के अधीन छह संकाय तथा पाँच विभिन्न विषयों के महाविद्यालय पूसा और ढोली में स्थित हैं। इस समय विश्वविद्यालय के अन्तर्गत लगभग एक दर्जन कृषि विज्ञान केन्द्र तत्परता से कृषि तकनीकी हस्तांतरण के पुनीत कार्य में जुटे हुए हैं। कई विषय हैं यहाँ, जैसेकि—बागवानी विज्ञान, कृषि अभियंत्रण शिक्षा, सामुदायिक विज्ञान, मत्स्य विज्ञान, कृषि व्यवसाय प्रबन्धन और ग्रामीण प्रबन्धन। अधिकांश विषयों में स्नातकोत्तर स्तर की पढ़ाई की व्यवस्था है।" मुन्नी और गुल्लू मासी मुँहबाये सब सुन रही हैं। बुज़ुर्ग की बातें उनके दिमाग में घुस नहीं रही हैं और इसलिए दोनों के मुख पर उकताहट है। वाइसचांसलर साहब जारी ही हैं, "इस विश्वविद्यालय के वैज्ञानिकों के परिश्रम का परिणाम है कि विभिन्न फसलों की अब तक सबा सौ से अधिक किस्में तथा परिष्कृत उत्पादन तकनीक विकसित की गई है, जिसमें-धान, गेहूँ, मक्का, अरहर, मूँग, चना, उरद, मसूर, राई, तोरिया, पीली सरसों, मूँगफली, अंडी, और तिल शामिल है। साथ ही उद्यानिक और कंदमूल फ़सलों में—आलू, ओल, मिश्रीकन्द, शकरकंद, अरबी, आम, लीची, सपोटा, जामुन की किस्में भी विकसित की गई हैं। मसाला फसलों में-धनिया, हल्दी और मेथी की किस्में। इसी तरह गन्ना की 22 किस्में हैं।" गुल्लू मासी और मुन्नी को बुज़ुर्ग वाइसचांसलर के भाषण का अन्तिम भाग कुछ-कुछ

दिमाग़ में गया है। गुल्लू मासी ने राहत की साँस लेकर मुन्नी से कहा है कि, "चलो इन्होंने कुछ खाने-पीने की तो बातें कीं। लगता है इनको भी आम, लीची, जामुन और शकरकंद बहुत पसन्द है।" समारोह के अन्त में निमकी, समोसा और दो-तीन क़िस्म की मिठाइयों से भरा पैकेट पाकर गुल्लू मासी खिल उठी है और मुस्कराकर बोली है, "ऐ मुन्नी! असली बात ये हुई।"

शुरू दिसम्बर की सुबह में जब धीरे-धीरे किरण फूटती है, तो मुन्नी को बहुत अच्छा लगता है। हल्की धूप में मर्मर हिलती-डुलती पीपल पेड़ की पत्तियों और पीपल की शाख़ों पर फुरफुर करते बेशुमार पक्षियों को निहारना उसे बहुत भाता है। जब कभी किरण फूटने के पहले मुन्नी की नींद खुल जाती है, तब वह बग़ैर गुल्लू मासी को जगाए दबे पाँव बरामदे पर आ जाती है और घने कुहासे में लिपटे सामनेवाले पीपल के पेड़ को एक टक देखती है। उसे लगता है कि पूरी दुनिया में कुहासा छाया हुआ है। छब्बी मासी ने कड़ी हिदायत दे रखी है कि दस दिन बाद स्कूल में परीक्षा शुरू होगी, इसलिए मेहनत से पढ़ाई करनी है। नाना ने भी कहा है कि जब मीठी धूप खिल जाए, तो बच्चे लोग क्वार्टर के सामनेवाले पीपल पेड़ के बग़ल में चटाई बिछाकर एक घंटा स्पेलिंग आदि याद करें और बाक़ी पढ़ाई करें। इसके बाद स्कूल जाने के लिए तैयार हों। नाना ने एक और ज़रूरी बात गुल्लू मासी को बताई है कि सुबह-सुबह गुलाब की पंखड़ी पर जो ओस की बूँद गिरती है, उसमें रूई को भिगोकर चेहरे पर लगाने से चेहरा गुलाब की पंखड़ी-सा गुलाबी हो जाता है। नाना को पता है कि और अधिक सुन्दर लगने के लिए गुल्लू कुछ भी कर सकती है। हाल में गुल्लू मासी और मुन्नी का नाक भी छिंदवाया गया है। नाना ने गुल्लू मासी को फिर से स्मरण कराया है कि गुलाब की पंखड़ी पर जमे ओस को रुई में भिगोकर लगाने से पूरा चेहरा समेत नाक का छिद्र और सुन्दर हो जाएगा और तब वे उसके और मुन्नी के लिए नाक का

सुन्दर 'छक' बनवा देंगे। नाना को पता है कि सुबह-सुबह उठकर पढ़ने की बात सुनकर ही गुल्लू पर अस्सी मन पानी पड़ जाएगा। इसलिए गुलाब की पंखड़ी पर जमे ओस के उपयोग से होनेवाली सुन्दरता का नुस्खा बताकर उन्होंने 'रामबाण' चला दिया है। नाना को यक़ीन है कि इसे आजमाने के लिये गुल्लू आधी रात में भी उठ जाएगी।

वाक़ई गुलाब की पंखड़ियों पर जमे ओस के लालच में अब घर में सबसे पहले गुल्लू मासी उठती है। अपने मुख पर रुई से ओस का सारा लेपन वह पाबन्दी से करती है। जहाँ तक पढ़ने की बात है, तो पीपल के समीप चटाई पर बैठती तो वह ज़रूर है लेकिन किताब पर कम और पीपल पेड़ पर सुबह-सुबह उतरनेवाले पंछियों पर वह ज़्यादा ध्यान देती है। हालाँकि, पढ़ने में बहुत तेज़ है गुल्लू मासी। एक ही दो बार में उसे पूरा पाठ याद हो जाता है। मुन्नी को थोड़ा रट्टा लगाना पड़ता है। पढ़ते-पढ़ते अचानक गुल्लू मासी पीपल की एक शाख़ पर बैठे जोड़ा पक्षी को देखकर चहकते हुए मुग्ध हो कहती है, "ऐ मुन्नी, देखो जोड़ा हारिल! ऐ मुन्नी, देखो जोड़ा पंडुक...।" फिर अचानक कुछ देर बार वह बूढ़ी गंडक के बारे में शुरू हो जाती है, "जानती हो मुन्नी, बूढ़ी गंडक में घड़ियाल का दह है।" इसके साथ ही रट्टा मारना छोड़ मुन्नी उसकी कहानियों में उलझ जाती है। बकौल गुल्लू मासी अथाह बूढ़ी गंडक नदी में कई पनडुब्बियाँ भी रहती हैं, जो सीधे किसी को भी निगल जाती हैं। गुल्लू मासी बूढ़ी गंडक के भीतर की दुनिया का ऐसा सजीव वर्णन करती है मानो वह इस नदी की पेटी में अर्से तक रह कर निकली है।

8

बिस्कुट भोज और किसान मेला

गुल्लू और मुन्नी की परीक्षा सिर पर है, इसको लेकर छब्बी मासी कुछ ज़्यादा ही चिन्ता में हैं। गुल्लू मासी स्कूल में जो पढ़ाया जाता है, उसे ध्यान से सुनती है। उसका मानना है कि स्कूल की पढ़ाई ग़ौर से सुन-समझ लिया जाए, तो घर में आधा घंटा से ज़्यादा पढ़ने की ज़रूरत नहीं है। गुल्लू मासी की सहायिका मुन्नी भी गुल्लू मासी के पथ पर है। परीक्षा में जितना आता है, लिख दिया जाएगा। नहीं लिखेंगे, तो कोई जान मार देगा क्या! अधिक से अधिक फेल हो जाएँगे, तो फिर से उसी क्लास में रह लेंगे।

परीक्षा भले सामने है पर गुल्लू मासी के संग मुन्नी छुआ-छुई, लुकाछिपी, डेंगापानी, कितकित, पिट्टो, डॉक्टर—डॉक्टर तथा अँगना-अँगना खेलती ही है। कुछ महीने पहले मुन्नी से एक महाकांड हो गया था, जब वह डाक्टर बनी थी और गुल्लू मासी मरीज़। मुन्नी के हाथ में झाड़ू की सींक थी, जिसे डॉक्टर की सूई के तौर पर वह इलाज़ के लिए हाथ में ली हुई थी। खेल में मरीज़ को लगातार कराहना था, सो गुल्लू मासी लगातार कराह रही थी। उसकी कराह से मुन्नी को कुछ समझ में नहीं आया। वह गुल्लू मासी को कराहते हरगिज़ नहीं देख सकती थी। उसने आव देखा न ताव, गुल्लू मासी की नाभि में सीधे झाड़ू की सींक

को घुसेड़ दिया था। झाड़ू की सींक नाभि में गड़ते ही गुल्लू मासी बुरी तरह बिलबिला उठी। छब्बी मासी ने दोनों को थप्पड़ लगाया। गुल्लू मासी को नाभि में ज़ख़्म हो गया। कई दिनों तक छब्बी मासी उसकी नाभि में मलहम लगाती रही।

बहरहाल, तीसरे दिन से परीक्षा शुरू होनेवाली है। गुल्लू मासी ने पिछली शाम पीपल के नीचे 'कित-कित' खेलते हुए बताया कि, "ऐ मुन्नी! परीक्षा शुरू होते ही हम लोगों का 'बिस्कुट-भोज' शुरू हो जाएगा।"

"कैसे मासी?" मुन्नी ने चकित होते हुए पूछा।

"मेरे क्लास की एक मोटी-सी गबदी लड़की है, उसके पिताजी की बहुत बड़ी राशन की दुकान है। वे दाल, चावल, नमक, तेल और साबुन से लेकर तरह-तरह के बिस्कुट और ढेर सारे सामान अपनी दुकान में रखते हैं। सेठ की मोटी-गबदी बेटी पढ़ाई-लिखाई में जीरो है।"

"तो?" मुन्नी बड़े मनोयोग से गुल्लू मासी की कथा सुनती रही।

"देखना, वह कल से मेरे पास गिड़गिड़ाएगी कि परीक्षा में मैं उसके बगल में बैठूँ और उसे सारे उत्तर लिखवा दूँ।"

"इससे बिस्कुट कैसे आएगा मासी?"

"अरे मुन्नी आएगा। तुम देखना।" गुल्लू मासी ठहाका मारते हुए बोली।

इस 'बिस्कुट-रहस्य' का तब रहस्योद्‌घाटन हुआ, जब पूसा के सबसे बड़े जेनरल स्टोर के सेठजी की गबदी बेटी, जो गुल्लू मासी के साथ पढ़ती है, ने गुल्लू मासी से आज बुरी तरह छटपटाकर कहा कि, "प्लीज़ गुल्लू, परीक्षा में तुम मेरे बगल में बैठना। तुम अपनी कॉपी मुझे दिखा देना ताकि मैं उसे उतार सकूँ। अगर ऐसा नहीं हुआ, तो मैं फेल कर जाऊँगी। मुझे पिताजी बहुत मार मारेंगे।"

मुन्नी तब गुल्लू मासी के साथ हमेशा की तरह मौजूद थी। गुल्लू मासी ने अपनी गबदी सहपाठी की सारी बातें सुनने के बाद कहा, "ठीक है। पर एक शर्त है।"

"क्या?" गबदी ने बेचैन स्वर में पूछा।

"जब तक परीक्षा चलेगी, तुमको हर दिन अपनी दुकान से क्रीम बिस्कुट का चार पैकेट लाना पड़ेगा। दो मेरे लिए और दो हमारी मुन्नी के लिए।"

"ठीक है।" गबदी ने गहरी साँस लेकर हामी भरी।

परीक्षा के पहले दिन से अपने पिताजी के स्टोर से क्रीम बिस्कुट उड़ाकर गबदी लाने लगी। वायदे के मुताबिक़ गुल्लू मासी उसे अपने बग़ल की सीट पर बिठाकर अपनी कॉपी दिखाते हुए उत्तर उतरवाने लगी।

परीक्षा के तीसरे दिन गबदी बग़ैर बिस्कुट के आई। उसने गुल्लू मासी को बताया कि स्टोर से लगातार क्रीम बिस्कुट रहस्यमय तरीक़े से लुप्त होते देख उसके पिताजी को उस पर शक हो गया है। इसलिए वे उसके स्कूल आने के पहले जल्लाद की मुद्रा में आ जाते हैं और उस पर कड़ी नज़र रखते हैं।

"शक हो सकता है।" गुल्लू मासी ने उसे सांत्वना देते हुए कहा, "तुम्हारे स्कूल आने के समय उनका शक जरूर बढ़ जाता होगा। पर हर समस्या का रास्ता है।" एक पल थमकर गुल्लू मासी ने मुस्कराते हुए पूछा, "जब तुम परीक्षा देकर दोपहर घर लौटती हो, तो उस समय तुम्हारे पिताजी क्या कर रहे होते हैं"

"उस समय वे स्टोर को स्टाफ के हवाले कर खाना खा रहे होते हैं और आधा घंटा सोते हैं।"

"बस यही तुम्हारे लिये सुनहरा मौका होगा। इसी फाका समय में तुम क्रीम बिस्कुट के चार पैकेट लेकर स्कूल के ठीक पहले जो झरबेर की घनी झाड़ी है, उसमें छिपाकर एक किनारे डाल देना। हम और मुन्नी जाकर शाम को उसे निकाल लाएँगे।" गुल्लू मासी ने किसी संत की तरह आँख मूँदकर गबदी को ज्ञान दिया।

गबदी को भी यह रास्ता सही लगा। लिहाज़ा, स्कूल से लौटकर

जब वह देखती थी कि पिताजी स्टोर को स्टाफ़ के ज़िम्मे लगाकर थोड़ी देर के लिए लेटे हैं, तो किसी बहाने से स्टाफ़ का ध्यान बँटाकर वह चार पैकेट क्रीम बिस्कुट एक झोले में डाल गुल्लू मासी द्वारा बताई गयी झरबेर की झाड़ी में डाल आती थी। सूर्यास्त के पहले मुन्नी को साथ लेकर गुल्लू मासी झरबेर की झाड़ी के पास जाती थी और दोनों मिलकर वहाँ से क्रीम बिस्कुट निकाल मस्ती से खाते हुए घर आती थीं। एक दिन जब दोनों घर के पास पहुँचकर पैकेट का बचा-खुचा बिस्कुट निपटा रही थीं कि गुल्लू मासी से ठीक एक साल बड़ी पिंकी मासी की नज़र दोनों पर गई। पिंकी ने गुल्लू और मुन्नी को धर दबोचा कि ये बिस्कुट लायी कहाँ से? मज़बूरी में गुल्लू मासी को रहस्योद्‌घाटन करना पड़ा कि स्टोर के सेठ की बेटी गबदी अपनी दुकान से टपाकर चार पैकेट बिस्कुट दोनों को देती है। यह करार परीक्षा तक के लिये है। पिंकी ने इसे गम्भीर मुद्‌दा बनाते हुए कहा कि कल से अगर उसे क्रीम बिस्कुट का एक पैकेट नहीं मिला, तो वह स्टोर के सेठजी के पास जाकर सारा भंडाफोड़ कर देगी। पिंकी मासी ने दो टूक कहा कि अगर उसे 'बिस्कुट-गैंग' में शामिल नहीं किया गया, तो सबकी शामत है। वह यह बात घर में नाना-नानी और छब्बी मासी को भी बताएगी। तब तय है दोनों को मार पड़ेगी। ज़ाहिर है कि मामला अचानक संगीन हो गया था। गुल्लू मासी ने गबदी को भरोसे में लेकर परिस्थिति की गम्भीरता समझायी। पिंकी मासी की धमकी के बारे में सुनकर गबदी को भी पसीना छूट गया। इसके बाद वह झाड़ी में बिस्कुट के पाँच पैकेट डालने लगी। इस तरह 'बिस्कुट-गैंग' की कहानी उजागर नहीं हुई। परीक्षा के बाद जब रिज़ल्ट आया, तो उसके सेठ पिता को भी गबदी के नम्बरों को देखकर हैरानी हुई। बिस्कुट के दम पर गुल्लू मासी के प्रताप से वह बहुत अच्छे नम्बर से पास हुई थी।

नानी गाँव से आ गई हैं। बासमती चावल से लेकर नया चूड़ा और इस बार भी बिहारी साव का बड़ा-बड़ा काला जामुन लेकर वह आई हैं।

ज़ाहिर है कि घर में उल्लास की किलकारी है। यह पूस का महीना है जनवरी का अन्तिम सप्ताह। मौसम में वसन्त की आहट आ गई है। कल से यूनिवर्सिटि के बग़ल के विशाल मैदान में यहाँ हर साल लगनेवाला 'कृषि विज्ञान मेला' शुरू होने वाला है। यह विराट 'कृषि विज्ञान मेला' देश भर के किसानों के लिए आकर्षण का केन्द्र है। कृषि विज्ञान केन्द्र और कृषि से जुड़ी अन्य संस्थाओं के दो सौ से अधिक स्टॉल इस अवसर पर लगाए जाते हैं। बीजों की विकसित क़िस्मों से लेकर कृषि की नई-नई तकनीकों का प्रदर्शन किया जाता है। पर गुल्लू मासी और मुन्नी को इन बड़ी-बड़ी बातों से क्या लेना-देना? लगभग सप्ताह भर लगनेवाले इस मेले में दोनों स्कूल से लौट खाना-पीना खाने के बाद पाबन्दी से रोज़ इसलिए जाती हैं क्योंकि वहाँ आकाश को छूता एक बड़ा-सा झूला चलता है, जिस पर कोई टिकट कटाकर बैठ सकता है। मेले के एक कोने में सिर से पाँव तक काला कपड़ा और मोतियों से सजा लाल मुकुट पहने एक जादूगर एक से एक जादू और इन्द्रजाल दिखाता है। उसके मंच पर लगे बैनर में उसका नाम लिखा है—'गोगिया जादूगर।'

'कृषि विज्ञान मेला' का आज चौथा दिन है। इस बीच गुल्लू मासी के साथ मुन्नी उस आकाश छूते गोल चक्केवाले झूले पर दो बार बैठ चुकी है। हालाँकि, झूला जब नीचे को आने को हुआ, तो दोनों बार मुन्नी को लगा कि उसका कलेजा उलटकर मुँह में आ गया है। पर झूला जब आसमान की ऊँचाई पर गया, तो मुन्नी और गुल्लू मासी को बड़ा मज़ा आया। 'किसान मेला' में खिलौना बेचनेवाले भी आते हैं। गुल्लू मासी और मुन्नी ने एक-एक खिलौना भी खरीदा है। मेला में गबदी भी अपनी माँ के संग मिली है। मोटी-सोटी गबदी की सेठानी माँ भी बहुत मोटी है। गबदी को देखते ही मुन्नी को क्रीमवाले बिस्कुट की याद आती है। उसे लगता है कि काश स्कूल में रोज़ परीक्षा होती रहती। मुन्नी को 'कृषि विज्ञान मेला' को लेकर भी मन में आ रहा है कि यह हमेशा चलता,

तो कितना मज़ा रहता। काले लिबास और मोतियों की माला से सजे लाल मुकुटवाले गोगिया जादूगर को देख वह विस्मित रहती है। गोगिया जादूगर आग का गोला खा जाता है। घरों के ऊपर उपयोग में आनेवाला खपड़ा वह बिस्कुट की तरह खाता है। गोगिया जादूगर के पास एक तगड़ा घोड़ा है। वह घोड़ा को मंच पर लाता है और एक चादर से उसे पूरा ढक देता है। एक पल में वह चादर हटाता है। वहाँ घोड़ा की जगह एक लड़की निकलती है। गोगिया फिर लड़की को चादर से ढक देता है और अगले पल चादर हटता है, तो एक टोकरे से खरगोश का जोड़ा उछलकर बाहर आता है। घोड़ा कहाँ गया...वह लड़की कहाँ गायब हो गई? गुल्लू मासी पूरा दिमाग़ लगाकर भी नतीजे पर नहीं पहुँच पाती है। गोगिया का जादू देखने गुल्लू मासी और मुन्नी रोज जाती हैं। उसके 'जादू गैलरी' में घुसने का टिकट दो रुपया में मिलता है। आकाश छूते झूला का टिकट भी दो रुपया में।

रात को गुल्लू मासी ने नाना को गोगिया जादूगर के बारे में बताया है कि वह एक पलक में घोड़ा को ग़ायब कर एक लड़की को सामने ला खड़ा करता है और लड़की को ग़ायब कर टोकरा से खरगोश उछाल देता है। नाना ने दुलार से मुन्नी को गोद में बिठा लिया है और गुल्लू मासी से कहना शुरू किया है, "गुल्लू सब आँख का धोखा है।" नाना ने इंग्लैंड के जादूगर तक को देख रखा है। गुल्लू मासी के विस्मय पर नाना ने जादूगरों की कहानी शुरू कर दी है, "गुल्लू! मोहम्मद छैल भारत का एक बहुत बड़ा जादूगर था। गुजरात के भावनगर के समीप की एक बस्ती में सन् 1850 में उसका जन्म हुआ था। सन् 1925 में 75 वर्ष की अवस्था में वह चल बसा। छैल अपने जादू से एक फूँक में मिठाइयों से भरे थाल की झड़ी लगा देता था, तो कभी किसी सोने की दुकान से एक से एक जेवरात मँगवाकर बरसा देता था। उसके गुरु ने उससे वचन लिया था कि वह अपनी विद्या का कभी दुरुपयोग नहीं करेगा। पर बाद

के दिनों में वह गुरु को दिया वचन भूल मनमानी करने लगा। धीरे-धीरे जादू की उसकी शक्ति ख़त्म हो गई और वह बहुत दुर्गति से मरा। इसी तरह पश्चिम का हैरी हुडनी, डेविड कॉपरफील्ड, भारत के जादूगर पी. सी. सरकार, जादूगर आनन्द और जादूगर के. लाल...कई जादूगर दुनिया में हो गए।"

"आपने इन सबका जादू देखा था?" गुल्लू मासी ने अचरज से पूछा।

"हाँ, कलकत्ता में एक बार पी. सी. सरकार और दिल्ली में एक बार के. लाल का शो मैंने देखा था गुल्लू।" नाना ने दोनों को याद करते हुए कहा, "क्या कमाल के जादूगर थे ये सब।"

रात को बिस्तर पर मुन्नी के बग़ल में सोई गुल्लू मासी ने मुन्नी के कान में कहा, "ऐ मुन्नी! हम दोनों एक दिन जादूगर बनेंगे। सारी दुनिया में अपना जादू दिखाएँगगे।" गुल्लू मासी का यह फ़ैसला मुन्नी को भी अच्छा लगा। उसने कल्पना की कि वह जादूगर गोगिया की तरह काले लिबास और मोतियों से जड़े लाल मुकुट में सजी हुई है। इस कल्पना में डूबी गुल्लू मासी और मुन्नी को कब नींद आ गई, दोनों को पता ही नहीं चला।

आज सुबह नींद खुलने पर गुल्लू मासी ने मुन्नी से कहा है कि, "आज 'किसान मेला' का अन्तिम दिन है। आज तो चलना ही चलना है। इसके बाद तो अब अगले साल ही यह मौका आएगा।" गुल्लू मासी के कहने के पहले से ही मुन्नी तैयार है। गुल्लू मासी और मुन्नी को इतने दिन मेला जाकर हवाखोरी करने के लिए किसी से याचना नहीं करनी पड़ी है। छब्बी मासी को मेला शुरू होने के पहले से पता है कि गुल्लू और मुन्नी के पास 25-25 रुपये हैं। इसलिए छब्बी मासी ने भी दोनों से कोई टोका-टाकी या कैफ़ियत नहीं पूछी है। दरअसल, नाना के एक सहकर्मी प्रोफ़ेसर साहब ने पिछले दिनों अक्टूबर महीने में दुर्गापूजा के अवसर पर अपने यहाँ 'नवरात्रा' का अनुष्ठान किया था। समापन में उन्होंने 'कुँवारी

कन्या भोजन' के लिये गुल्लू और मुन्नी को आमंत्रित किया था। दोनों को अष्टमी-नवमी के दिन भोजन कराकर प्रोफ़ेसर साहब ने एक-एक लाल अँचरी दोनों को देकर उसमें अरबा चावल, दूब, सुपारी और 25-25 रुपया दिया था। घर आकर गुल्लू मासी और मुन्नी ने चावल, दूब और सुपारी आदि को छब्बी मासी के हवाले कर दिया था। पर रुपया अपने-अपने स्कूल बैग में सँभाल कर रख लिया था। गुल्लू मासी ने छब्बी मासी को तनिक बाग़ी तेवर में कहा था कि आनेवाले 'किसान मेला' में वे दोनों यह पैसा ख़र्च करेंगी। मुन्नी के लिये यह पहला मौक़ा था, जब वह 'किसान मेला' देखने जाती। मुन्नी की नेता गुल्लू मासी को पता था कि दो-ढाई महीने बाद ही 'किसान मेला' लगने वाला है। इसके लिए बजट का इन्तज़ाम ज़रूरी था। 'कुँवारी कन्या भोजन' की दक्षिणा ने इसके लिए बजट का इन्तज़ाम कर दिया था। 'किसान मेला' ख़त्म होने के बाद गुल्लू मासी ने बेतकल्लुफ़ी से मुस्कराकर मुन्नी से कहा, "ऐ मुन्नी! अगले साल भी हमें दक्षिणा मिलेगी और उस पैसे से अगले साल भी हम दोनों 'किसान मेला' घूमेंगे।"

9

अघोरी का तांडव

चाँदनी की रोशनी वसन्त की रातों में क्वार्टर के सामने के पुराने-झंखाड़ पीपल पेड़ के असंख्य पत्तों पर किस प्यार से थिरकती है, बरामदे पर बैठी मुन्नी चुपचाप निहारती है। दूर मन्दिर के शिखर पर जलती टिमटिमाती रोशनी पर मुन्नी की नज़र अक्सर जाती है और उसे अफ़सोस लगता है कि आज तक गुल्लू मासी के साथ वह वहाँ जा नहीं सकी है। वही तो है उसके गाँव का मन्दिर। बरबस मुन्नी के ज़हन में बाँध के पार बूढ़ी गंडक के तट से बँधी लोहे की जंग खायी नाव की तस्वीर उभरती है। वह नाव भी इस चाँदनी में नहा रही होगी। और बूढ़ी गंडक! वह भी। अचानक गुल्लू मासी ने पीछे से उसकी पीठ पर धौल जमाया है, "ओय मेरी मुन्नू...मेरी चुन्नू.! तू कहाँ खोई है?" फिर सामने आकर उसने दुलार से अपनी हथेली में मुन्नी का चेहरा भर लिया है और ज़ोर से ख़ुश हो बोल पड़ी है, "ओ माँ...मुन्नी! तुम्हारी आँखों में चाँद है रे।"

"और तुम्हारी आँखों में ढेर सारी टॉफी...और क्रीम बिस्कुट।" मुन्नी को भी जैसे मज़ा आ गया है।

"अच्छा गबदी से कल कुछ मामला जमाते हैं। फिलहाल सोने चल।"

बिस्तर पर कुछ देर उलट-पलट करने के बाद गुल्लू मासी ने मुँह में जैसे टॉफ़ी की मिठास की कल्पना करते हुए मुन्नी के कान में कहा है,

"ऐ मुन्नी! हम दोनों मिलकर बड़े होने पर चॉकलेट-बिस्कुट की फ़ैक्टरी खोलेंगे। फिर किसी गबदी-वबदी से हमें निहोरा नहीं करना पड़ेगा।"

"ठीक।" मुन्नी कभी भी गुल्लू मासी की किसी बात का प्रतिवाद नहीं करती है। धीरे-धीरे मुन्नी को नींद आ गई और सारी रात वह चॉकलेट-बिस्कुट के ढेर की परिक्रमा करती रही। मुन्नी को अच्छा लगता है जब रात को सोते समय गुल्लू मासी भविष्य के लिये कोई अनूठी-मीठी योजना उसके कान में डालती है। फिर सारी रात सपने में वह उसी मधुर योजना के स्वप्न में विचरती रहती है।

पूसा में वसन्त का समय कुछ अधिक ही मनोहर होता है। वसन्त ऋतुराज भले हो लेकिन स्वभाव से एक नटखट बच्चा है। वसन्त की दोपहरियाँ भी कम खिलंदड़ी नहीं होतीं। स्कूल से आने के बाद गुल्लू मासी और मुन्नी खा-पीकर जो दबे-पाँव घर से निकलती हैं, तो शाम तक इधर-उधर छककर उछाल मारती हैं। छब्बी मासी भी इसके लिए इन्हें कोई रोक-टोक नहीं करती हैं क्योंकि इस हरे-भरे कस्बे का समाज इतना स्नेही है कि सब सबका ख़याल रखता है। किसी घर का बच्चा कहीं चला जाए, वह सुरक्षित है। भटक जाने पर कोई उसे लाकर घर पहुँचा जाता है। पूसा जैसी बेफ़िक्र दुनिया विरल है। गुल्लू मासी इस बेफ़िक्र दुनिया की बच्चा रजिया सुलतान है और मुन्नी उसकी समर्पित सिपहसालार।

आज दोपहरी के भ्रमण में एक अजीब बात हो गई, जिसने गुल्लू मासी और मुन्नी को देर तक पशोपेश में रखा। दरअसल, स्कूल के रास्ते में पड़नेवाले एक नींबू के पेड़ के पास रुक कर फूलों से लदे नींबू पेड़ को वे दोनों निहार रहे थे। नींबू का यह पेड़ गुल्लू मासी को बहुत प्रिय है। नाना ने गुल्लू मासी को बता रखा है कि फरवरी में जब नींबू का पेड़ फूलों से लद जाता है, उस फूल को 'अम्बे बहार' कहते हैं और जुलाई में जब फिर से नींबू के पेड़ में फूल आते हैं, तो उसे 'मृग बहार' कहते हैं। जब नींबू में फल तैयार हो जाता है, तो गुल्लू मासी घर से थोड़ा नमक

एक काग़ज़ में मोड़कर रख लेती है और रास्ते में पड़नेवाले इस नींबू के पेड़ से दो-तीन नींबू तोड़ नमक के संग नींबू खाने का मज़ा लेती है। गुल्लू मासी ने नींबू के सफ़ेद फूलों को निहारते हुए कहा, "ये अंबे बहार फूल है। इस बार बहुत मस्त खिला है। इस बार इसमें बहुत नींबू फलेगा मुन्नी।"

बहरहाल, नींबू के फूलों को निहारते हुए मुश्किल से दोनों दस क़दम बढ़े ही कि मुन्नी ज़ोर से चिहुँक पड़ी, "देखो मासी! ये क्या है?" एक मोटा-सा काला पर्स दरअसल चलते-चलते मुन्नी के पाँव से टकराया। पर्स को उठाकर मुन्नी ने फ़ौरन गुल्लू मासी को थमाया। गुल्लू मासी ने जब पर्स खोला, तो उसमें ढेर सारे रुपये ठुँसे पड़े थे। गुल्लू मासी की आँखें एक पल के लिए फटी रह गईं और मुँह खुला रह गया। मुन्नी ने भी देखा कि पर्स में इतने रुपये थे, जिससे शायद जीवन भर दस रुपयेवाला बड़ा पेड़ा और भरपूर चनाचूर ख़रीद कर खाया जा सकता था। गुल्लू मासी और मुन्नी ने किसी तरह मन को सहज किया और चारों तरफ़ नज़र दौड़ा कर देखा कि कोई अपना पर्स ढूँढता आते हुए दिख जाए। पर दूर-दूर तक कहीं कोई नहीं था। लिहाज़ा, पर्स लेकर दोनों घर आ गए और रुपये से भरे पर्स को छब्बी मासी के हवाले कर दिया। गुल्लू मासी ने विस्तारपूर्वक छब्बी मासी को बताया कि कैसे यह पर्स उनलोगों को रास्ते में गिरा पड़ा मिला। छब्बी मासी ने पर्स को आलमारी में रख दिया। अगली सुबह यूनिवर्सिटि का एक अधेड़ स्टाफ़ नाना के पास आया और उसने कहा कि उसे कुछ रुपये बतौर कर्ज़ चाहिये। नाना ने हैरानी से कहा कि कल ही तो सबको वेतन मिला है और क्या एक ही दिन में उसने सारे पैसे ख़र्च दिये। उस स्टाफ़ ने तब विकल स्वर में कहा कि कल जब पर्स में वेतन लेकर वह घर जा रहा था, तो उसे पता ही नहीं चला कि उसका पर्स कहाँ गिर गया। नाना से जब वह स्टाफ़ अपनी व्यथा-कथा कह रहा था, तो बग़ल के कमरे से छब्बी मासी सारी बात सुन रही थीं। तत्क्षण छब्बी मासी ने नाना के कमरे में आकर पूछा कि

वह पर्स कैसा था और उसमें कितने रुपये थे? उससे विवरण सुनने के बाद छब्बी मासी अन्दर गईं और आलमारी से वह पर्स निकाल लायीं, जो गुल्लू और मुन्नी ने लाकर उन्हें दिया था।

"क्या ये आपका पर्स है?" छब्बी मासी ने पूछा।

"हे भगवान!" वह स्टाफ़ पर्स थाम ख़ुशी से मोर की तरह नाच गया, "हाँ...हाँ...यही तो पर्स है मेरा।"

"ठीक है रुपये गिन लीजिए।" छब्बी मासी ने अत्यधिक शांत स्वर में कहा।

"अब रुपया क्या गिनना। सब ठीक होगा।" उसका उल्लास समाये नहीं समा रहा था।

"फिर भी गिन लेना चाहिए।" नाना ने तनिक आदेशात्मक लहज़े में कहा।

"ठीक है सर! जो हुकुम...वैसे ठीक होगा।" वह भाव विह्वल हो एक-एक नोट गिन गया, "एकदम ठीक है सर! पर यह मिला कहाँ?" उसके स्वर में एक उत्सुक प्रसन्नता थी। छब्बी मासी ने जब उसे सारा विवरण संक्षेप में कह सुनाया, तो उसने पूछा, "कहाँ है दोनों बच्चियाँ?" गुल्लू और मुन्नी को छब्बी मासी ने आवाज़ दी। वे नाना के कमरे में आयीं, तो छब्बी मासी ने कहा, "इन्ही दोनों को नींबू के पेड़ के पास आपका पर्स मिला।"

"इससे तुम दोनों मिठाई खाना।" उस स्टाफ़ ने सौ-सौ रुपये के दो नोट दोनों को बढ़ाते हुए कहा, "इन बच्चों ने मुझे महीने भर की परेशानी से बचा लिया सर।"

"बिल्कुल नहीं। हरगिज नहीं। इस दो सौ रुपये से तुम घर के लिये मिठाई खरीद कर ले जाओ; क्योंकि मैं समझ सकता हूँ कि सारा रुपया खो जाने की खबर सुनकर कल से तुम्हारे परिवार के लोग कितने दुखी होंगे।" नाना ने स्नेह से उसकी पीठ पर हाथ रख उसे विदा करते हुए कहा।

वसन्त की वन-रागिनी अनवरत हवा में घुल रही है। नई कोपलोंवाले वृक्ष आत्मलीन आनन्द में हैं। और इस पुलकित लहर-पहर में हैं गुल्लू मासी और मुन्नी! आज पूरी दोपहरी मज़ार पर जाकर दोनों देर तक वहाँ के फ़र्श पर फुदक-फुदक कर 'कित-कित' खेलती रहीं और उनके करतबों को देख मज़ार की बूढ़ी दादी लगातार मुदित होती रही। दोपहर के सन्नाटे में शायद मज़ार के पीर बाबा को भी इन दोनों बच्चियों का यह 'कित-कित' नृत्य भा रहा था। जी भर कर 'कित-कित' खेलने के बाद जब दोनों वहाँ से उड़न-छू होने को हुई हैं, तो मज़ार की दादी ने दोनों के हाथों में प्रसादवाला अराँची दाना भर दिया है। खिलखिलाते हुए गुल्लू मासी और मुन्नी अगले मुक़ाम के लिये मज़ारवाली दादी को यह कहते हुए निकल पड़ी हैं कि शाम को दीया जलाने तो वे आ ही रही हैं। बहरहाल, गुल्लू मासी ने अनुमान लगाया है कि नाना अब तक यूनिवर्सिटी से घर आ गए होंगे। लिहाज़ा, मुन्नी के संग वह यूनिवर्सिटी परिसर की चहारदीवारी के पास मौज़ूद अमरूद के पेड़ की तरफ़ बढ़ गई है। अमरूद के पेड़ पर गिलहरी की तरह सरसराते हुए चढ़ने में गुल्लू मासी को सिद्धि प्राप्त है लेकिन मुन्नी को अभी पेड़ पर चढ़ने में डर लगता है। अमरूद से लदा अमरूद का पेड़ ढलती दोपहरी के संग परमानन्द में है। गुल्लू मासी पेड़ पर चढ़ गई है और ऊपर से मुन्नी के इर्द-गिर्द अमरूद बरसा रही है। अमरूद पेड़ की टहनियों पर थिरकती गुल्लू मासी को नीचे खड़ी मुन्नी ने आवाज़ दी है, "बहुत हो गया है। मासी! अब नीचे आ जाओ।" तक़रीबन दस-बारह अमरूद मुन्नी ने बटोर रखा है। गुल्लू मासी नीचे आ गई है। दोनों ने वहीं छक कर अमरूद खाया है। फिर भी दोनों के हाथ में एक-एक अमरूद है। दोनों आगे बढ़ गयी हैं घर की तरफ़, क्योंकि दिन ढल रहा है। थोड़ी देर में शाम होगी। दोनों मज़ार पर दीया जलाने जाएँगी। बहरहाल, कुछ क़दम आगे बढ़ने पर अचानक बग़ल के बड़े-से नाले पर गुल्लू मासी की नज़र गई है और उसने तनिक हैरानी से

मुस्कराकर कहा है, "ऐ मुन्नी ! देखो उधर नाला में एक अघोरी बाबा लेटा है।" मुन्नी ने भी नाला की तरफ़ देखकर चकित हो कहा है, "मासी! यह अघोरी बाबा तो कीचड़ से सना है।" गुल्लू मासी ने एक अनुभवी की तरह ज्ञान जारी किया है, "ये अघोरी बाबा लोग ऐसे ही होते हैं। मैंने पहले भी एक अघोरी बाबा को देखा है।" एक पल थमकर गुल्लू मासी ने तनिक शरारती अन्दाज़ में कहा है, "ऐ मुन्नी! चलो हम ये अमरूद अघोरी बाबा को दे देते हैं। लगता है कि इसने कुछ खाया नहीं है।" गुल्लू मासी ने मुन्नी के हाथ का भी अमरूद लेकर, दोनों अमरूद नाले में चित लेटे हुए जटा-जूटधारी अघोरी की तरफ़ फेंका है। अमरूद पास में गिरते ही अघोरी उठ बैठा है और अमरूद खाते हुए इन दोनों के पास आया है, "कहाँ रहते हो तुम दोनों?" गुल्लू मासी और मुन्नी कीचड़ में लथपथ अघोरी को सामने खड़ा देख अब बुरी तरह दहशत में हैं।

"मैं तुमलोगों के साथ तुम्हारे घर चलूँगा।" अघोरी ने घबराहट में तेज़ चल रही गुल्लू और मुन्नी के साथ तेज़-तेज़ चलते हुए कहा है। मारे डर के गुल्लू मासी और मुन्नी के पाँव काँप रहे हैं। वे दोनों दौड़ने की हालत में भी नहीं हैं। यह सोचकर दोनों को बुरी तरह पसीना आ रहा है कि घर पर जब वे दोनों इस भयानक से दीखनेवाले अघोरी को ले जाएँगे, तो तय है कि घर में मार पड़ेगी।

गुल्लू मासी का अनुमान सही था। नाना यूनिवर्सिटि से घर आ चुके हैं। किसी तरह दोनों घर के कमरे में गई ही हैं कि सनकी अघोरी सीधे घर के पूजा स्थान पर जा खड़ा हुआ है और रैक पर फूलों से सजे सभी भगवानों की तस्वीरों पर बेतहाशा थूक रहा है। अब तो वह तस्वीरों को पटक-पटक कर पाँव से रौंदने लगा है। वह चिल्ला-चिल्लाकर गाली भी बक रहा है। शोर-शराबा सुनकर छब्बी मासी समेत सारी मासियाँ दौड़ी हैं। नाना-नानी भी घर के पूजा स्थान पर आ गए हैं। नानी के चेहरे पर हवाइयाँ उड़ रही हैं। मासियों के चेहरों पर भी अघोरी के विकराल तेवर

को देखकर गहरा भय छाया हुआ है। पर नाना का पारा सातवें आसमान पर है। वे अघोरी को बेतहाशा डाँटे जा रहे हैं।

"इसे मत कुछ कहिए। यह कुछ नुकसान कर देगा। यह अघोरी है।" नानी अनवरत रुआँसे स्वर में नाना को रोक रही हैं।

"अब इससे ज़्यादा यह क्या नुकसान करेगा?" नाना ने गुस्से से हुँकारते हुए कहा है, "मैं अभी पुलिस बुलाकर इसे गिरफ्तार करवाता हूँ।" नाना को इतने गुस्से में मुन्नी पहली बार देख रही है।

संयोग से इसी समय नाना का चपरासी केवल आ पहुँचा है। उस सारे दृश्य को देख वह बिन कुछ कहे-सुने भाँप गया है कि अब करना क्या है! केवल हट्टा-कट्टा है। बहुत तेज़ गति से वह अघोरी की तरफ़ बढ़ा है और उसकी गर्दन पर हाथ रखकर एक साँस में उसे लिये-दिये क्वार्टर के बाहर निकल गया है। बरामदे पर खड़े घर के सभी सदस्य देख रहे हैं। केवल ने अब उसको पटक दिया है और बेतहाशा उसे पीट रहा है। केवल को भी अपनी वीरता दिखाने का अच्छा मौक़ा मिला है।

"अरे अब उसको मत मारो। मर जाएगा, तो एक अलग मुसीबत खड़ी हो जाएगी। उसको कुछ दूर ले जाकर छोड़ दो।" नाना ने बरामदे पर से ही केवल को कहा है।

छब्बी मासी ने गुल्लू मासी और मुन्नी को भयंकर डाँट पिलायी है और हिदायत दी है कि अब आगे किसी अनजान आदमी से रास्ते में दोनों ने बातचीत की, तो दोनों की ख़ैर नहीं। बहुत मार पड़ेगी। सभी मासियों ने पूजा स्थान वाले घर को अच्छी तरह धोया है और भगवान की नीचे गिरी तस्वीरों को यथा स्थान रख दिया है। जिन तस्वीरों का शीशा टूट गया है, उन सबको कल केवल बाज़ार जाकर नया शीशा लगवा लाएगा।

अघोरी वाले हादसे के तीन-चार दिनों बाद आज गुल्लू मासी और मुन्नी ने एक दूसरे नाले में नंग-धड़ंग पड़े उसी दुष्ट अघोरी को फिर देखा है और दोनों बेतहाशा जान लेकर भागी हैं।

10

लोचन नीर बहय

क्वार्टर के सामने विशाल जटायु की तरह मौज़ूद पीपल पेड़ की फलियाँ पक रही हैं। 'लाल ऑफ़िस' के रास्ते में पड़नेवाला विशाल बरगद भी गदराया हुआ है। पीपल और बरगद की छोटी-छोटी फलियों को खाने के लिये इन पेड़ों पर झुंड के झुंड पंछी उतर रहे हैं। यह वर्ष 1981 है। अप्रैल मास। छब्बी मासी की शादी 10 मई को होनी है। इसलिए घर में अभी से हलचल शुरू है। मुश्किल से एक-सबा मास का समय रह गया है। नाना-नानी बहुत-सी सूची बना रहे हैं। बारातियों का सत्कार, छब्बी मासी के लिये गहना और कपड़े की सूची और भी बहुत कुछ। नाना का चपरासी केवल अपने साथ शामियाना लगानेवाले और हलवाई को लेकर घर पर आया है। नाना ने दोनों को 'एडवांस' दे दिया है। मासी लोग इन दिनों उथल-पुथल में हैं और छुटकू मामा तथा मुन्नी भी। शादी के अवसर के लिये सबका नया कपड़ा तैयार होगा। मुन्नी जान से फाज़िल इसलिए ख़ुश है क्योंकि गुल्लू मासी ने उसे पक्की सूचना दी है कि मुन्नी के पिताजी, उसकी माँ और दोनों छोटे भाइयों को लेकर आएँगे। सबसे छोटे वाले भाई को तो अभी तक मुन्नी ने देखा भी नहीं है। मुन्नी की माँ से बड़ीवाली बहन यानी बड़ी मासी भी आएँगी।

अप्रैल अधिया गया है। कैम्पस का गेहूँ कट गया है। क्यारियों से आलू भी निकाल लिया गया है। कैम्पस खाली है। अब शादी का शामियाना आराम से लगेगा। घर में गीत-नाद शुरू है। शाम को पास-पड़ोस की कई स्त्रियाँ 'कुमार' गाने आती हैं। मासियों को चर्चा करते गुल्लू और मुन्नी ने सुना है कि लड़की का जब विवाह ठीक हो जाता है, तो उसके विवाह के एक दिन पहले तक 'कुमार' गाया जाता है। विवाह के दिन भगवती की वंदना, हनुमानजी की आराधना और ब्राह्मण का गीत गाया जाता है। पर कुछ दिनों से 'कुमार' चल रहा है। घर के आँगन में शाम को चादर बिछ जाती है। थोड़ी देर में स्त्रियाँ वहाँ जुट जाती हैं और गहरे मर्म से 'कुमार' गाती हैं—

जाहि घर आहो बाबा बेटी कुमारी,
से कोना सुतथि निश्चिन्त हो...।

'कुमार' का दूसरा-तीसरा गीत होते-होते छब्बी मासी झर-झर रोने लगती हैं। छब्बी मासी को पहले कभी रोते हुए मुन्नी ने नहीं देखा है। सो मासी की आँखों से जब आँसू टप-टप करते हैं, तो मुन्नी का भी हृदय फटने लगता है। वह सोचती है कि भला क्या जरूरत है शादी की? क्यों सब छब्बी मासी को घर से विदा करने पर तुले हुए हैं। पर गुल्लू मासी ने उसे बताया है कि लड़कियों की शादी के अलावा और कोई उपाय नहीं। उसने पास-पड़ोस की कुछ लड़कियों की शादी देखी है, जो शादी के बाद ससुराल भेज दी गई हैं। गुल्लू मासी जैसे उसे भविष्य की चुनौती के लिये तैयार करती है। वह कहती है, "मुन्नी, एक दिन हम लोगों की भी शादी होगी और हमलोगों को भी छब्बी मासी की तरह घर छोड़कर जाना ही पड़ेगा।" यह सब सुनकर ही मुन्नी का नन्हा-सा कलेजा बुरी तरह धड़धड़ाने लगता है। गाँव का घर छूटा...पिताजी और माँ छूट गए... एक दिन नाना-नानी भी छूट जाएँगे...सभी मासी भी...यह छुटकू बन्दर

मामा भी...। मुन्नी का दिल करता है कि कहीं सूने-सन्नाटे में किसी पेड़ के नीचे जाकर जी भर-भरकर रोए।

घर के सभी सदस्य मानते हैं कि छब्बी अनुशासन प्रिय हैं, तो उतनी ही उत्सवमयी भी। पिछले साल अगस्त अन्त में 'जन्माष्टमी' का क्या मधुर आयोजन छब्बी ने किया था। पेड़-पौधे के सुन्दर पत्तों से पूरे पूजा स्थल को सजाया था। फूलों की लड़ियाँ लगाई थीं। एक छोटा-सा झूला नाना को कह छब्बी मासी ने चपरासी केवल से ख़रीदवाकर मँगवाया था। झूला पर लड्डू गोपाल का फ़ोटो सजाकर पूरे झूला को छब्बी मासी ने फूलों से भर दिया था। स्वयं बाज़ार जाकर वही कृष्ण भगवान का वस्त्र और बाँसुरी ख़रीद लाई थीं। झूले के आगे बाक़ी मासियों ने रँगोली बनाई थी। नानी भी 'झूलन' को लेकर बहुत उत्साहित रहती हैं। उनका मानना है कि 'बाल गोपाल' को पालने में झुलाने से सारे मनोरथ पूर्ण होते हैं। 'जन्माष्टमी' के हफ़्ते-दस दिन पहले से पूसा के कई घरों में 'झूलन' शुरू हो जाता है। घर-घर में प्रसाद और पंचामृत वितरित होता है। नानी बहुत तन्मयता से अपने घर के 'झूलन' के लिये 'पंचामृत' बनाती हैं। पर 'झूलन' से लेकर अन्त में दो दिवसीय 'जन्माष्टमी' के आयोजन की एकमात्र प्रभारी मुन्नी की छब्बी मासी ही रहती हैं। इस साल फरवरी में 'वसन्त पंचमी' के अवसर पर भी छब्बी मासी ने घर में 'सरस्वती पूजा' का भव्य आयोजन किया था। कुम्हार के यहाँ से मासी ने सरस्वती माँ की छोटी-सी सुन्दर मूर्ति मँगवायी थी। सभी मासियों के संग मुन्नी ने भी अपनी किताबों, काग़ज़ की पेंसिल, रबड़ और कॉपी-कलम को सरस्वती माँ के चरणों के आगे रख दिया था। गुल्लू मासी ने मुन्नी को बताया था कि 'सरस्वती पूजा' के अवसर पर सरस्वती माँ के चरणों में चौबीस घंटे तक किताब-कॉपी रख देने से आसानी से विद्या प्राप्त होती है। जो बच्चा ऐसा नहीं करता है, वह परीक्षा में कई बार फ़ेल करता है।

छब्बी मासी के ससुराल जाने के बाद शायद ही घर में 'झूलन' और

'सरस्वती पूजा' का आयोजन हो पाएगा। गुल्लू मासी गहरी साँस लेकर कहती है, "ऐ मुन्नू! हम-तुम मिलकर सब कर लेंगे। हमको झूला का सारा गीत भी याद है।" गुल्लू मासी विश्वास दिलाने के लिये गाकर सुनाती है, "झूला झूले जुगल किशोर...किनारे जमुना के।" गुल्लू मासी चहक कर कहती है, "और सरस्वती माता वाला गीत भी याद है मुझे! सुनो।" वह हाथ जोड़ कर अलाप लेती है, "हे हंसवाहिनी माँ...हे वीणावादिनी माँ... हम पर दया बरसा जा...।" सरस्वती माँ का कोई गीत गुल्लू मासी बिना हाथ जोड़े नहीं गा सकती है। 'सरस्वती-वंदना' के समय वह चप्पल भी उतार लेती है। बहरहाल, गुल्लू मासी का कोई आश्वासन अभी मुन्नी को नहीं सुहा रहा है। नानी भी बीच-बीच में कह रही हैं, "छब्बी बिन सब सून। छब्बी चली जाएगी, घर उदास हो जाएगा।" नानी आँचल के कोर से आँसू पोंछती हैं। मुन्नी फ्रॉक की बाँह से।

आज 10 मई है। नाना के क्वार्टर के कैम्पस में शामियाना लग गया है। कुर्सियाँ सज गई हैं। लड़के का सिंहासन मंच सजा कर रख दिया गया है। एक कोने में दरी बिछाकर सुबह से 'रसन चौकी' वाले पिपही और ढोल की युगलबन्दी में तल्लीन हैं। क्वार्टर के दूसरे खाली हिस्से में हलवाइयों की जमात नाना क़िस्म की मिठाई बनाने में जुटी है। मिठाई के पाक और रस से पूरा परिसर गमगम कर रहा है। नानी ने कह रखा है कि बिना भगवान को भोग लगाए मिठाई का एक दाना भी कोई मुँह में नहीं ले। नानी को चटोरी गुल्लू मासी पर अधिक सन्देह है। गुल्लू मासी ने मन मसोसकर मुन्नी से कहा है, "कोई बात नहीं! हम भगवान को भोग लगने तक कुछ नहीं करेंगे। हलवाई वाले साइड की तरफ झाँकेंगे भी नहीं।"

बारात शाम को पूर्णिया से आएगी। आँगन में विवाह का मंडप आम्रपल्लव और नाना क़िस्म के फूलों से सुसज्जित है। महिलाओं की टोली भगवती-गीत, हनुमान का गीत और ब्राह्मण-गीत गाने में दोपहर से तल्लीन है। मिथिला पद्धति के विवाह में जो कुछ होता है, सारी तैयारी

है। गीत गाइने अभी 'ब्राह्मण-गीत' में अपना ह्वदय उड़ेलकर गा रही हैं—"ब्राह्मण बाबू यौ/ कनियो-कनियो होइयौ ने सहाय/ पहिने मंगइ छी ब्राह्मण/भाइ-भतिजबा/ ब्राह्मण बाबू यौ/ उजड़ल नैहर दियौ ने बसाय/ कनियो-कनियो होइयौ ने सहाय/ सपना मँगइ छी ब्राह्मण/शिव के सिंदुरवा/ ब्राह्मण बाबू यौ/कुमर पद दियौ ने छोड़ाय/ सपना मँगइ छी ब्राह्मण / गोदी के बलकवा/ ब्राह्मण बाबू यौ/ बाँझिन पद दियौ ने छोड़ाय/ ब्राह्मण बाबू यौ/ कनियो-कनियो होइयौ ने सहाय/ सपना मँगइ ही ब्राह्मण / अन्न, धन, लक्ष्मी / ब्राह्मण बाबू यौ / दरिद्र पद दियौ ने छोड़ाय।" इस गीत का मतलब मुन्नी को कुछ भी समझ में नहीं आ रहा है। पर इसे सुनकर उसे अभी किसी कोने में छिपकर रोने का मन कर रहा है। वह बार-बार बेचैनी से बरामदे की तरफ़ भागती है। उसे हैरानी है कि बाक़ी सब लोग आ गए लेकिन उसकी माँ और उसके पिताजी दोनों छोटे भाइयों के संग अभी तक क्यों नहीं पहुँचे हैं। क्या रास्ते में बस ख़राब हो गई। पता नहीं क्या हुआ है।

अभी-अभी माँ और पिताजी पहुँचे हैं। माँ की गोदी में मुन्नी का सबसे छोटा भाई है। पिताजी की उँगली थामे उससे ठीक छोटा उसका नटखट भाई, जो चकमक आँखों से सबको देख रहा है और मुन्नी को देख तनिक लजा रहा है। पिताजी ने मुन्नी के मुख को लाड़ से अपनी हथेली में भर लिया है। मुन्नी को इस पल लगा है कि वह ख़ुशी से अब सचमुच रो देगी। पिताजी ने मुन्नी का मनपसन्द चीनी बुरका हुआ बिस्कुट निकालकर गुल्लू मासी, छुटकू मामा, मुन्नी और उसके भाई को दिया है। पिताजी को पता है कि इस बिस्कुट में मुन्नी की जान बसती है। हालाँकि, गुल्लू मासी के प्रताप से गबदी के लाए हुए क्रीम बिस्कुट का मुन्नी बहुत आनन्द ले चुकी है। पर चीनी बुरके बिस्कुट के आगे क्रीम बिस्कुट भी फ़ीका है।

नानी विवाह के रस्म की सारी व्यवस्था और एक-एक चीज बड़ी

मासी और माँ को दिखा रही है। नानी ने मुस्कराकर कहा है, "अपने मिथिला की शादी के विध-व्यवहार में छोटी-छोटी चीज़ें ही हैं। पर इनका इन्तजाम कठिन है। कोई एक छोटी-सी चीज भी छूट गई, तो अब लीजिये...हंगामा शुरू...।"

गीत गाइनों ने गीत गाना अब कुछ देर के लिये रोका है। और अब बड़ी मासी और मुन्नी की माँ ने आँगन में उपस्थित सभी 'अहिबाती' यानी सुहागिन स्त्रियों के सिर में तेल और सिंदूर लगाना शुरू किया है। गुल्लू मासी ने मुन्नी को कान में कह समझाया है कि यह 'विध' होता है। इसके बाद बड़ी मासी, मुन्नी की माँ और शादी के अवसर पर आई नाना की बहन मिट्टी के एक नये चूल्हे पर धान का लावा भूनने में जुट गई हैं। कभी बाहर, तो कभी अन्दर गुल्लू मासी और मुन्नी चकित हो यह सब देख रही हैं। बाहर कैम्पस के एक कोने में बैठे 'रसन चौकी' वालों ने फिर से शहनाई तेज़ कर दी है। उन्हें अभी माइक की सुविधा नहीं मिली है। इसलिए वे अपने तई पूरी ऊर्जा से हलहली में हैं। इधर बीच-बीच में गुल्लू मासी के संग मुन्नी एक निमिष छब्बी मासी को भी कमरे में झाँक आती है। गुलाबी साड़ी में छब्बी मासी केले के वृक्ष के समान सुडौल और कोमल दिख रही हैं। गुलाबी परिधान में दीपती छब्बी मासी के हाथों में मेंहदी लगी हुई है। अभी वह खिड़की के पास खड़ी जाने क्या देख रही हैं। गुल्लू मासी मुसक कर मुन्नी से कहती है, "दीदी बारात का रास्ता देख रही हैं।" मुन्नी चिढ़कर कहती है, "भाक्क!" गीत गाइनों ने फिर से टहंकार छेड़ दिया है, जिसका भाव है कि...'रानी बेटी को सोना की तरह जुगाकर रखा...दूज के चाँद के समान यह बड़ी हुई... पूर्णिमा के चन्द्रमा के समान इसका मुख सुन्दर हुआ...सूरज के समान इसकी ज्योति फैली...अब शादी के बाद फूल-सी मेरी बेटी जा रही है...।' साँझ हो रही है और गीत गाइनों की तान चरम पर है, "सूतल छलहुँ हम बाबा के हवेलिया...अझक्के में आबि गेल कहार हो...।"

साँझ अब गहराने को है। घर के पूजा स्थल पर छब्बी मासी के विवाह का सारा कपड़ा और दुल्हे का सारा कपड़ा यानी धोती, कुर्ता, चादर, जनेऊ, खड़ाऊँ, पाग, घुनेष और माला आदि सजाकर रख दिया गया है। नानी ने बाक़ी व्यवस्था के लिये गाँव से भी कुछ महिलाओं को बुलाया हुआ है। ये सब जुटकर गाँव से ही विवाह में काम आनेवाला दर्जनों जनेऊ, कछुआ की पीठ, ठक-बक, भुसना सिंदूर, गुआ माला, साख-सिंदूर, कुसुम के फूल, फुलही थाली, उखड़-समाठ और पुरहर आदि लेकर आई हैं। गुल्लू मासी यह सब देख ख़ुश होकर मुन्नी से कहती है, "दीदी की शादी के बाद 'कछुआ की पीठ' और 'ठक-बक' हम दोनों खेलने के लिये रख लेंगे।"

छब्बी मासी को नानी ने अब नहाने को कहा है। कहा है कि नहाने के बाद वह नया वस्त्र पहने और केश खुला रखे। नहाकर और नये कपड़े पहन छब्बी मासी तैयार हुई ही है कि बड़ी मासी और मुन्नी की माँ ने उसे 'कोहबर-घर' में चलकर पिठार (चावल का घोल) और सिंदूर से दीवार पर पाँच बार हथेली से थप्पा देने को कहा है। पाँच अहिबातियों यानी सुहागिनों को भी पिठार-सिंदूर का थप्पा देने के लिये साथ ले लिया गया है। इसके बाद फटाफट 'कोहबर' लिखा और सजाया जाएगा। छब्बी मासी को कहा गया है कि वह एक साबुत सुपाड़ी मुँह में रखे। तय हुआ है कि मुन्नी की माँ छब्बी मासी की 'विधकरी' बनेगी। 'विधकरी' यानी विवाह की सभी रस्मों को कार्यरूप दिलानेवाली एक अनुभवी वरिष्ठ सहयोगी। छब्बी मासी की सात चोटियाँ बनायी जा रही हैं। बाक़ी मासी लोग इस काम में जुटी हैं। उधर पंडितजी के साथ पूजा स्थान पर नाना 'मातृका पूजा' कर रहे हैं। 'कन्यादान' नाना ही करेंगे। यह लीजिये, धोबिन भी नहाकर आ गई है। वह सीधे छब्बी मासी के पास गई है और अपने भीगे लट को छब्बी मासी के मुख से स्पर्श कराया है। नानी ने धोबिन को एक छोटे-से कटोरे में चूड़ा-दही लाकर दिया है। यह एक 'विध' है।

अब धोबिन अपने हाथों से प्रतीकात्मक रूप में छब्बी मासी को अपने हाथों से चूड़ा-दही खिलाएगी। इस 'विध' के पूरा होते ही छब्बी मासी ने फिर दूसरी साड़ी बदली है। छब्बी मासी की उतारी हुई यह नई साड़ी नानी ने धोबिन को दे दी है।

'रसन चौकी' वालों के आगे अब माइक डाल दिया गया है। लिहाज़ा, 'पिपही' यानी शहनाई की गूँज लाउडस्पीकर पर तेज़ है। ख़बर आई है कि बारात पूसा की सीमा पर पहुँच गई है। नानी ने आँगन की सभी महिलाओं को 'आम-महुआ' के विवाह वाले 'विध' को चलकर पूरा करने के लिये कहा है। 'आम-महुआ' विवाह का 'विध' पूरा कर गीत गाइनों ने 'बराती का गीत' पंचम सुर में गाना शुरू कर दिया है—

घर पछुअरबा में लौंग केर गछिया
ताहि तर छब्बीक दुलहा ठाढ़ हे!
केओ अरेखनि, केओ परेखनि,
केओ पुछनि निज बात हे!
माय अरेखनि, बाबू परेखनि,
काका पुछनि निज बात हे!
कियै तोरा आहे बाबू बाजन थोर भेल,
किये भेल कम बरिआत हे!
नहिं मोरा आहे काका बाजन थोर भेल
नहि मोरा कम बरिआत हे।

नाना का क्वार्टर ही क्या, आस-पास का अधिकांश हिस्सा रोशनी से जगर-मगर कर रहा है। बिजली कटने पर जेनरेटर का भी इन्तज़ाम कर रखा गया है। बारात अब दरवाज़े पर पहुँच गई है। नानी ने मुन्नी के पिताजी के हाथ में बाँस का बुना चँगेरा, जिसमें विध की सामग्रियों के संग धूप-अगरबत्ती जल रही है, थमाया है। यह 'आज्ञा का डाला' है,

जिसे लेकर मुन्नी के पिताजी अभी बाराती के बीच गए हैं।

गुल्लू और मुन्नी के नाक एक से एक मिठाइयों और व्यंजनों से भर-भर कर सुगंधित हो रहे हैं और दोनों के कोमल कानों में लगातार एक से एक गीत का नाद रह-रहकर रस घोल रहा है। अब दुल्हे को अन्दर लाया जा रहा है। घर के मुख्य द्वार पर महिलाएँ लड़के के चारों तरफ़ वृत्त बनाकर 'परीक्षण' कर रही हैं। अब मुन्नी की सबसे बड़ी मासी 'कोहबर-घर' में एक गीतनुमा लयबद्ध मैथिली फकरा गा रही हैं—

असि बंगाला, बसि बंगाला
कहाँ-कहाँ सँ आयल छी!
बाम छथि कनियाँ, दहिन छथि सारि
हृदय विचारि क' लिअ' उठाय।

इस गाने के बीच दुल्हे को बग़ल में आँचल से मुँह ढँके अपनी होनेवाली पत्नी और साली में से अपनी भावी पत्नी को पहचानना होता है। गुल्लू और मुन्नी पहली बार होश में ठीक से कोई शादी देख रही हैं।

"ओह! कितना मजेदार है न।" मुन्नी ने कछुए की पीठ पर जलते दीप, 'ठक-बक' और 'नैना-जोगिन' आदि के वैवाहिक करतबों को देख गुल्लू से हुलस कर कहा है।

"जल्दी ही हम अपनी गुड़िया की शादी ऐसे ही करेंगे।" गुल्लू ने मुन्नी से निर्णायक स्वर में कहा है।

'चतुर्थी' यानी विवाह के चार दिनों के बाद अभी छब्बी मासी की विदाई हो रही है। सबसे बड़ी मासी की अगुआई में 'बेटी-विदाई' का गीत सब गा भी रहे हैं और कुहक भी रहे हैं—

बड़ रे जतन स' सिया बेटी पोसलहुँ
मानल नेह लगाय

सेहो धिया आब सासुर जयती
लोचन नीर बहाय!

छब्बी मासी को सीने से लगा नानी धारोधार रो रही हैं। मुन्नी की माँ और मासियाँ भी गंगा-जमुना की धार आँखों से बहा रही हैं। अन्त में छब्बी मासी जब मुन्नी के नाना यानी अपने पिता के गले से लग गाड़ी में बैठने लगी हैं, तो नाना भी अपने को रोक नहीं पाये हैं। मुन्नी नाना को पहली बार रोते देख रही है। और वह भी फफक-फफक कर। मुन्नी के नटखट मामा को ठीक-ठीक कुछ समझ में नहीं आ रहा है। वह हैरान और हक्का-बक्का है। गुल्लू और मुन्नी को सबकुछ समझ में तो आ रहा है लेकिन वे रो नहीं पा रही हैं।

छब्बी मासी अपने दुल्हे के संग विदा हो गई हैं। उनकी गाड़ी धीरे-धीरे सरकते हुए आँखों से ओझल हो गई है। नाना-नानी और सभी मासियाँ समेत इस अवसर पर आए सभी स्वजन-पुरजन अन्दर आ गए हैं। मुन्नी की माँ रसोईघर में सबके लिए चाय बनाने में जुट गई हैं। रोते-रोते सबका गला सूख गया है। थोड़ी-थोड़ी चाय पीने से सबको राहत होगी। अन्दर पूजा घर वाले कमरे में सब मासियाँ और रिश्तेदार स्त्रियाँ इस विवाह के प्रसंगों की जुगाली कर रही हैं। अचानक बग़ल के कमरे से ज़ोर की रुलाई फूटी है। यह मुन्नी है, जो छब्बी मासी के सूने बिस्तर पर मुँह रखकर विकल हो रो रही है। सबसे बड़ी मासी ने उसे पकड़कर अपने पेट से चिपका लिया है। पर मुन्नी का आँसू थम नहीं रहा है। मुन्नी की देखादेखी गुल्लू की भी आँखें बरसने लगी हैं। नानी की आँखों से फिर झर-झर आँसू गिर रहे हैं। रुँधे गले से नानी ने सबसे बड़ी वाली मासी से कहा है, "छब्बी माँ से बढ़कर मुन्नी को मानती थी। इसलिए देखो...।" नानी फिर कुहक पड़ी हैं।

मुन्नी की माँ ने नानी से कहा है कि इस बार वह मुन्नी को अपने

साथ ले जाएगी; क्योंकि जब तक छब्बी मासी थी, तब तक वह सहजता से घर का बहुत काम सँभाल लेती थी। मुन्नी की माँ ने नानी को बताया है कि मुन्नी के पिताजी ने क्योंकि कानून की डिग्री ले रखी है, इसलिए वे अब गाँव से पूर्णिया आकर वहीं वकालत करेंगे और बच्चों की पढ़ाई भी पटरी पर चलती रहेगी। नानी ने अपनी सहमति दे दी है, क्योंकि नानी ने महसूस किया है कि उन्हें भी बीच-बीच में गाँव की खेती-बाड़ी देखने जाना होता है और छब्बी जैसी गम्भीर और ज़िम्मेदार मुन्नी की दूसरी मासियाँ नहीं हैं, जो उनकी अनुपस्थिति में सारे मोर्चे सँभाल लेंगी।

मुन्नी कल हमेशा के लिए अपनी माँ और अपने पिताजी के संग चली जाएगी, सुबह-सुबह यह सुनकर गुल्लू मासी बहुत उदासी में पड़ गई है। कल से मुन्नी के बिना उसका दिन कैसे कटेगा—यह सोच-सोचकर उसका जी रोने-रोने को हो रहा है। इधर मुन्नी तय नहीं कर पा रही है कि माँ और पिताजी के संग जाने की बात पर वह ख़ुश हो या दुखी। ओह! कल से पूसा हमेशा के लिए छूट जाएगा। छूट जाएगी गुल्लू मासी के संग यहाँ की सारी मस्ती और चहलक़दमी! छूट जाएँगे पीर बाबा और संग-संग छूट जाएगी मज़ारवाली बूढ़ी दादी।

आज बुझे और उदास मन से गुल्लू और मुन्नी ने मज़ार पर जलाने के लिए कच्ची मिट्टी का दीया बनाया है। कल से ऐसी शाम नहीं होगी—दीया में तेल-बाती डालते हुए सोच रही है गुल्लू। कल से मुन्नी नहीं रहेगी, तो वह अकेले भला मज़ार पर क्या करने जाएगी। अकेले जाने पर उसे बुरी तरह रोना आ जाएगा।

कुछ ही देर पहले सूर्यास्त हुआ है। धीरे-धीरे साँझ पंख फैला रही है। गुल्लू मासी के संग मज़ार की तरफ़ बढ़ते हुए मुन्नी को लग रहा है कि उसके पाँव में कोई भारी सिल बँध गया है। आज बृहस्पतिवार है। बृहस्पतिवार के दिन मज़ार पर गिने-चुने लोग ही आते हैं। हाँ, कल शुक्रवार है, तो दोपहर से ही यहाँ भीड़ उमड़नी शुरू हो जाएगी।

अभी मज़ारवाली दादी यहाँ ख़ामोश बैठी है। गुल्लू और मुन्नी की आहट से उसके चेहरे पर बरबस मुस्कान थिरक गई है। दीया जलाकर गुल्लू और मुन्नी हमेशा की तरह मज़ारवाली दादी के पास आ खड़ी हुई हैं। मज़ारवाली दादी ने दुलार से कहा है, "मैं तुम दोनों की ही राह देख रही थी।" मज़ारवाली दादी शायद और कुछ कहती कि रुआँसे स्वर में गुल्लू मासी ने कहा है, "दादी ! कल से मुन्नी नहीं आएगी। ये अपने माँ-पिताजी के संग कल सुबह यहाँ से वापस जा रही है।" गुल्लू मासी की बात सुनकर मज़ारवाली दादी का चेहरा एकदम से राख—सा हो गया है, "कल मुन्नी चली जाएगी?" एक सिसकारी-सी मज़ारवाली दादी के मुख से निकली है और उसकी आँखों से टप-टप आँसू गिरने लगे हैं, "कल से बिना मुरादोंवाला दीया यहाँ नहीं जलेगा?" मज़ारवाली दादी ने मुन्नी को सीने से भींच लिया है। उसकी सिसकी लगातार तेज़ हो रही है। मुन्नी की भी आँखें उसके सीने में घुसकर झरझरा रही हैं। गुल्लू मासी की भी सुबक तेज़ हो गई है।

पीर बाबा की मज़ार पर गहराती साँझ में बिना मुरादोंवाला आख़िरी दीया जल रहा है।